格帝亞少女 純血烙印

Goetia

03

暮雨
年齡：二十一歲。
個性：魔鬼上司，眼神銳利，總是一副生人勿近的樣子。
身分：時空管理局第二分局武裝科科長。
烙印：右手腕內側。沒有影子。
白火
年齡：十八歲。
個性：溫厚老實，卻很常在心裡吐槽他人。
身分：時空迷子。
烙印：左手手背上。沒有影子。

艾米爾・沃森

年齡：十六歲。
個性：溫和的模範生，實則是勞碌命、意外的毒舌。
身分：時空管理局第二分局鑑識科科員。
烙印：右手手背上。沒有影子。

安赫爾・布瑟斯

年齡：二十六歲。
個性：吊兒郎當，玩世不恭，唯恐天下不亂的享樂主義者。
身分：時空管理局第二分局局長。
烙印：右眼眼瞼下方，延伸到上眼皮。沒有影子。

諾瓦爾

年齡：二十五歲。
個性：輕浮、帶有危險氛圍的神秘青年，擁有一雙邪魅的貓眼。
身分：ＡＥＦ成員。
烙印：頸部。有影子。

陸昂

年齡：二十二歲。
個性：給人狡猾狐狸印象的青年，笑裡藏刀，心狠手辣。
身分：ＡＥＦ成員。
烙印：右手手背上。有影子。

芙蕾希雅·克蘭

年齡：二十六歲。
個性：剛強豪爽的大姐，擅於照顧人。
身分：時空管理局第二分局鑑識科科員。
烙印：無。有影子。

路卡·伯恩

年齡：二十二歲。
個性：充滿正義感，爲數稀少的正常人。總是被整的可憐蟲。
身分：時空管理局第二分局武裝科科員。
烙印：左手臂。沒有影子。

荻深樹

年齡：二十四歲。
個性：思維異於常人的缺陷美女，喜好怪力亂神之事。
身分：時空管理局第二分局武裝科諜報組通訊官。
烙印：左手臂。沒有影子。

雪莉·米利安

年齡：十六歲。
個性：可愛甜美，只是性格上似乎有某種遺憾……？
身分：時空管理局第二分局武裝科科員。
烙印：腳踝。沒有影子。

該隱
年齡：二十四歲。
個性：容貌出眾的俊美青年，好女色，自稱維持著「動態單身」。
身分：時空管理局第二分局武裝科科員。
烙印：右手手心。沒有影子。

朔月
年齡：推估三百歲以上。
個性：憨厚老實的鄰家大哥，反應遲緩。
身分：異邦龍族。時空管理局第二分局調停科科員。
烙印：無。有影子。

榭絲卡
年齡：二十三歲。
個性：性感神秘的蛇蠍美人，以玩弄男人為樂。
身分：AEF成員。
烙印：右大腿外側。有影子。

約書亞
年齡：二十五歲。
個性：溫柔善良，滿溢著慈悲的美青年。
身分：不明。
烙印：不明。

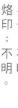

Contents

楔子 渴望假期的未來世界公民

時間：公元三千年七月二十六日，下午一點整。
地點：第二星都某區邊界。
人物：獨自在郊區巷弄奔跑的白火。

「為什麼跑得那麼快，不就只是隻狐狸嗎！」
「白火小夥伴，那不算是狐狸啦，那是長得像狐狸的異邦生命體。」聽到她火冒三丈的埋怨聲，通訊器另一頭的荻深樹悠哉的丟了這句話。
「還不是都一樣！」
「妳可以稱呼她為克莉絲汀，她是女孩子。」
「你們居然還有時間幫人家取名字？」
「養了三天就產生感情了嘛——」
「應該是養了三天就讓人家跑了才對吧！」
時空管理局武裝科菜鳥科員白火，揮汗執勤中。她上氣不接下氣的在巷弄間反覆衝刺，時間是下午一點整，七月的午後太陽毒辣辣的直射而下，泌出來的汗水黏貼住黑色制服，加上她從早上到現在只吃了一片土司，當場中暑暈倒也不奇怪。

這次的工作相當簡潔：抓回逃脫的異邦生物。

那隻被荻深樹命名為克莉絲汀的異邦生物外表和狐狸類似，雖然長得像狐狸，但是被激怒時會從嘴裡噴出火來，所以得在攻擊民眾前抓回管理局不可。

身為時空管理局成員，凡是與時空裂縫有所牽扯，就算是這種警消類的工作也得沾上邊。

有問題的當然不是工作內容本身，而是執行人員部分。

「既然是那麼危險的生物，為什麼只派我一個人啊？」

白火一邊盯著從手腕上投射出來的立體螢幕，隨著追蹤座標，一邊拐過轉角繼續衝刺。螢幕上顯示的目標物以驚人的速度移動，加上是身形嬌小的狐狸，身手矯捷到甚至能在郊區的建築裡穿梭。

白火已經在大太陽底下追狐狸追了半小時，每次都在差點逮住她的時被對方溜走，她氣得差點把手上的籠子熔掉。

「咻」一聲，克莉絲汀的橘色身影再度一閃而過，跳到了正在搭建的高樓建築裡。看見那隻狐狸靈活的鑽進鋼筋鐵架間的隙縫，白火只能抬起頭來乾瞪著眼。

——明明是狐狸，為什麼能夠輕輕鬆鬆的跳上三樓高的地方啊？

她暫時停下來喘口氣，開啟通訊器問荻深樹：「這種追東西的勞動活應該要交給雪莉吧，她不是跑得很快嗎？」而且還會飛高高。

「雪莉小夥伴說沒有暮雨小夥伴的外勤她不屑參加。」

「路卡呢？」

「路卡小夥伴說他對動物過敏。」

「暮雨科長呢？科長總可以了吧！」

「他說干我屁事。」

「……」

果然是這樣，來這裡工作將近三個月的她終於領悟到了，武裝科裡盡是些沒血沒淚的混蛋。

「總之加油囉！荻深樹我會在電腦螢幕的另一端幫妳祈禱的，欸嘿嘿嘿！掰——」

完全學到自家上司暮雨的真傳，懶得廢話的白火在荻深樹把「掰啦」的「啦」說完前就切掉通訊。她繼續盯住螢幕上的目標物，克莉絲汀還在工地裡遊蕩。

「好想要休假啊……」

她喃喃了一句，硬著頭皮闖進工地裡。

01 公元三千年的職場不存在著過勞死

「對不起，請讓一讓！」

艾米爾把擔架床推進管理局一樓公共大廳。

一看見擔架床上躺著剛救援的時空迷子，公共大廳的行人都相當識相的讓出路來。

「非常感謝。」艾米爾笑著向其他局員道謝，將昏迷的時空迷子推到醫療科專用的大型電梯中，前往四樓醫療科。

艾米爾來到醫療科後，和預想中的一樣，穿著白袍的醫療科科員不斷來回折返，每個人都同樣忙碌得深陷水深火熱之中。他把擔架床推到相關定點，「這位是剛才救援的時空迷子，持續呈現昏迷狀態，麻煩您了。」

「知道了，請交給我吧。」醫療科科員點點頭，接手把病人送到更裡面的房間。

艾米爾拿出隨身電腦，正打算輸入日期時間等相關資訊時，耳朵上掛著的通訊器有了聲音。

「艾米爾，14區上空在一小時後會開啟先前捕捉到的時空裂縫。將要歸還母時空的迷子其前置作業已準備完畢，請立刻到醫療科三號出口進行接收，麻煩你了。」是芙蕾的聲音。

「我知道了。」艾米爾迅速敲打著鍵盤，將資料輸進電腦後，快步奔向芙蕾指定的出口。

才剛到達定點位置，他就看見有人推著另一張擔架床走出來，是安赫爾。

「哈囉，艾米爾小弟，今天也是工作地獄呢。」

「局長？」他有點訝異安赫爾居然會是這次的負責人，「麻煩您了，謝謝。」

「那就這樣囉，局長我還有一堆事情要忙，掰啦。」安赫爾難得沒有纏住他閒聊幾句，而是打了個呵欠，轉身走回醫療科裡。

艾米爾當然沒漏看他眼下的黑眼圈，不只是局長，一路上看見的每個人幾乎都掛了雙熊貓眼。這一個月來，管理局根本和超時工作成慣性的血汗工廠沒兩樣。

艾米爾從口袋裡拿出手機，稍微瞄了眼確認時間後，刻不容緩的把第二張擔架床推出去，「如果可以的話，真想要休假……」利用電梯移動的短暫時間喘口氣，他不禁嘀咕了一句。

★※★◎★※★

下午一點半，白火與異邦生物克莉絲汀的殊死戰，如火如荼持續中。

「妳在哪裡，克莉絲汀！」

根據鑑識課的預測，歸還克莉絲汀的時空裂縫將會在午後三點出現，加上要配合鑑識科與醫療科的作業，必須在兩點之前把她帶回管理局才行。

時限只剩下半小時，如果在這之前不結束這場追逐戰的話，那隻狐狸很有可能再也無法回到原來的時空。先別提會傷及路人或是善後處理這點，若是克莉絲汀回不去，管理局用來安置迷子的空間又要減少了。

今天工地正巧停工，克莉絲汀闖進去的半完工大樓空無一人。白火乾脆直接衝進纏滿「施工中」黃布條的建築裡，往狐狸所在的屋頂前進。

「白火小夥伴，妳還剩下半小時，要是任務失敗了，絕對會被暮雨小夥伴吊到天花板上當作 Piñata 打爆的喔，到時候就會掉出一堆糖果，真是可喜可賀、可喜可賀！」

「這算哪門子可喜可賀啊！妳把我當西班牙的節慶道具嗎！」

白火千鈞一髮的跳過破了一個大洞的階梯，一路向五樓狂奔。

「荻通訊官，妳到底是多清閒，為什麼還可以在那邊和我說風涼話？」

「討厭討厭，怎麼這樣說人家，人家也很忙好不好——盯著電腦螢幕盯了十五個小時都沒闔眼，只是想說和妳聊聊天比較不會睡著啦。回來讓妳看看我自傲的黑眼圈如何？超——黑的喔，粉都蓋不掉。」

「我不想看，不要浪費我的時間！」

狂奔到五樓後，白火鑽過纏在屋頂門口的施工布條，從頭頂上灑下來的夏日陽光差點讓她當場中暑，她忍下低血糖帶來的嘔吐感，持續搜尋亮橘色的狐狸毛皮。

「找、找到了……克莉絲汀，來，過來這裡！」先前硬是追著狐狸跑，狐狸根本不買帳，於是她只好蹲下來，像是叫小狗來那樣拍拍手，「乖，來我這裡，克莉絲汀。」

「白火小夥伴，一開始是狐狸，現在妳把人家當狗啦？」

「噓！現在不要和我說話……快來這裡，克莉絲汀。」

距離她十公尺外，三十公分長的狐狸聽見她的聲音先是動了動耳朵，然後緩緩轉過頭來，圓滾滾的眼珠直盯著她。

白火趕緊把手上的籠子藏到身後，乘勝追擊，繼續拍拍手掌。

一人一狐狸對峙了幾秒後，白火簡直能聽見克莉絲汀用鼻尖冷哼一聲，轉過頭去繼續向前走。

「這隻臭狐狸……啊，對了。」

既然拍了手還不過來，那用食物引誘總可以吧。白火從口袋裡拿出隨身攜帶的小包裝餅乾，本來想當作午餐吃掉的，不過現在連吃午餐的空閒都沒有。她撕開包裝，又朝走遠的狐狸拍幾次手。

「克莉絲汀，妳看這個，乖乖過來就有東西吃喔——」她晃著手上的餅乾，努力壓下想一口吃掉的衝動。狗看到食物通常都會過來，既然都是食肉目犬科，狐狸應該也一樣吧。

不出所料，聞到她手上的食物，克莉絲汀馬上回心轉意，掉頭走了過來。

「白火小夥伴，妳在用食物引誘啊？」聽到她的聲音，荻深樹頗帶興趣的一問。

「對，這樣應該行得通吧？」

「可以是可以，不過妳要小心喔，經過鑑識科的調查，克莉絲汀這種生物的嗅覺特別靈敏，要是聞到太刺激的味道可是會大發雷霆的。」

「太刺激的味道？像是辣椒、芥末那類的嗎？」

「嗯，當初她就是因為這點才在局裡胡亂噴火啦，剛好燒到路過的路卡小夥伴。」

狐狸越走越近，白火漫不經心的瞄了眼餅乾包裝——超辣火爆小脆餅，四種極辣辛香料添加，還能吃到完整的朝天椒！

瞪著包裝的她整個傻掉，「喂，騙人的吧！」最好是有這麼剛好啦！

她還來不及把餅乾抽走，前方的克莉絲汀就像是鼻子被燒到似的咆哮一聲，「刷」一下跳走了，翻臉比翻書還快。

「等、等等，克莉絲汀！我不是故意的……別走！」白火也跟著跳了起來，抓起籠子猛衝，「是哪個白痴把這種餅乾帶來的……不對，就是我啊！白痴！」

用不著等暮雨開口，她都想大罵一頓自己腦袋進水了。

克莉絲汀後腳蹲跳，接著踢直，在半空中滑出軌跡，從屋頂一躍而下。白火跑到屋頂邊緣一看，只見狐狸跳到二樓後彎進窗口，她立刻拔腿狂奔衝回門口，朝狐狸所在的樓層移動。

手上還有著嚇跑狐狸的超辣餅乾，嫌礙事的她乾脆直接把餅乾塞到嘴裡，「嗚，真的好辣！」是誰把這種懲罰遊戲等級的食物放在茶水間的？十之八九是荻深樹。白火強迫自己嚥下去，咳了幾次簡直在燃燒的喉嚨，三步併作兩步跑下階梯。

她來到克莉絲汀剛才鑽進來的二樓房間，窗口的玻璃還沒鑲上去，她才剛把身體探出窗口外，往下一瞧，正好看見早就從窗口跳躍下去的克莉絲汀正著陸在地面。

那隻狐狸應該是跑累了，到達一樓空地後就趴下來，歇息似的停住不動。

二樓的高度距離地面三公尺左右。今天身上穿的是武裝科制服與衝擊力吸收性佳的靴子，很好，心臟早就被訓練到非凡人地步的白火踩住窗框，朝外一蹬，毫不猶豫的跳下樓。

「抓到妳了，克莉絲汀！」

她伸出右手，打算在落地同時掐住狐狸的頸子，直接把狐狸扔進籠子裡。

凡事總是事與願違，才正要摸到克莉絲汀脖子上的皮毛，對方彷彿背後長了眼睛似的突然躍了個半弧。得到幾次慘痛的教訓，白火當然也料到會有這種情況，下定決心要徹底了結這個追逐地獄的她賭了一把，撲向更遠的地方，而那裡正好是克莉絲汀跳躍後落地的方向。

飛撲的白火鼻梁差點被地板撞扁，中途可能是被狐狸尾巴掃到的緣故，當場打了個噴嚏，身體因此收縮了一下，她手一抖，發覺手中竟然有團毛茸茸的觸感——克莉絲汀的蓬鬆尾巴，竟然陰錯陽差的收在她的手裡。

扯住動物尾巴的行徑實在不可取，白火也覺得這樣很殘忍，攤在地板上的她馬上轉而抱住克莉絲汀的腹部，連滾帶爬站起來。

「總、總算抓到妳了……妳這隻狐狸實在是……啊。」話講到一半，白火停住了。有人朝她走了過來。

明明是停工的工地，眼前竟然出現了一位青年，論氣質與身段，怎麼看也不像是工地裡的工人。

可說是褪去所有色素的白金色髮絲和肌膚，在午後日光的照耀下添了股潔淨與聖潔之感，更映襯出赤紅色雙眼的鮮豔。清秀到過分程度的青年絲毫不適合站在老舊髒亂的工地之中，他呼出的每一口氣、綻放的每一個笑容，都純淨得不像是這世界的造物。

白火咋舌。

這是第三次，白火第三次與「他」的偶遇。

她像是被牽引的衛星般，眼睛隨著引力凝視眼前美麗、虛幻、並且脆弱的——

「嗨，好久不見。」約書亞發出銀鈴般的清脆笑聲，「最近過得還好嗎？」

「……約書亞？」

「沒事吧？」約書亞接著問道，薄唇彎出恰到好處的弧度。

懷中突然發生了暴動，克莉絲汀竟然抓準這個天賜良機，趁白火卸下心房時從臂彎裡掙脫而出，「妳、妳做什麼啦！」

白火發出尖叫時為時已晚，克莉絲汀後腳一蹬，一鼓作氣踩上她的肩膀，把她的頭頂當墊腳石往上一跳，再次鑽進了工地高樓層的施工區域裡。

「好痛！」

被狐狸腳踩上頭的白火縮起肩膀，狐狸跳躍飛騰時，爪子將她的頭髮勾得一團亂，這慘況不只疼痛，說有多狼狽就有多狼狽。

「沒事吧？有沒有被爪子抓傷？」狐狸與人類的鬥爭，約書亞全看在眼裡，他旋即湊過來檢查她的外觀有無傷勢，「應該是沒傷到臉才對……」

兩人距離一近，白火甚至可以看見對方細長睫毛留在肌膚上的陰影，皮膚細緻到看不見任何毛孔。她紅著臉退後好幾步，「沒、沒事！」別再走過來了！再靠近的話，她的自卑心態會膨脹到爆炸！

「是嗎？那太好了。看到妳從樓上跳下來，嚇了我一大跳呢。」

「……對不起，嚇到你了。」白火還記得前陣子和約書亞不歡而散的記憶，如今重逢固然喜悅，仍有股說不出的扭捏感，她不自覺游移眼神，「這次突然出現在這裡，又是……散步嗎？」

「嗯，散步。」約書亞倒是一臉若無其事的神情，「我看到前陣子的新聞了，妳很努力喔，白火。」

「喔、喔……謝謝。」

「上次是我說得太過火了，對不起，妳還在生氣嗎？」

「我沒有生氣！」刻意否定的緣故，白火聲音反而怪異的大聲起來，她退縮的又說了句「抱歉」，突然意識到現在可沒有聊天敘舊的閒暇，「啊，時間！」

「白火？」

「約書亞，幫幫我，再不把克莉絲汀抓回來的話——」白火迅速說明自己被賦予的重大職責、克莉絲汀的去向，至於值勤失敗會被暮雨當作節慶道具打飛的詳情則是直接用了「我會死」三個字做總結。

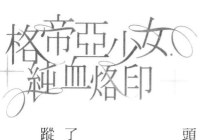

「我知道了，總之在時間限制內抓到那孩子就行了吧？」約書亞相當配合的點了點頭，「好懷念，和小黑那次有點像呢。」

「拜託你了！不好意思，一見面就麻煩你做這種事……」

「別這麼說，能幫上妳的忙，我很高興喔。」

按照剛才把白火當墊腳石一蹬、繼續攀向高處的方向來看，克莉絲汀這次似乎鑽進了工地的三樓深處，兩人踩著尚未施工完畢的水泥階梯來到高樓層，尋找著橘色狐狸的蹤影。

隨著走進建築的深處，自陽臺射入的烈日陽光逐漸減少，走進房間內一一確認時，四周已經黑得不見五指，剛從戶外進入建築的兩人都無法適應黑暗。白火綳緊頻頻發抖的神經，下意識抽了口氣。

「白火也會怕黑嗎？」走在身後的約書亞這時開口問道。

白火頓時低呼一聲，像是受到驚嚇的貓，有些抗拒的道：「怎麼突然這麼說……」

「嘿嘿，看來是猜對了。」約書亞的聲音充滿笑意，「既然我們都不喜歡又黑又窄的地方，克莉絲汀一定也不喜歡，快點送她回家吧。」

這番話又讓白火想起前陣子的回憶：約書亞並不喜歡黑夜。

「克莉絲汀，妳在那裡嗎？」勉強適應了黑暗，約書亞捕捉到不遠處的陰暗角落竄過一道嬌小的黑影，他壓低腳步聲走近角落，並且自然而然的牽起白火的手，「白火，借我一下火焰。」

「我、我知道了。」對了，還可以用火焰當作光源啊，她怎麼沒想到呢？白火連忙凝聚出銀白色的烙印火焰。

以兩人為中心，泛出一團燭火般的光源，光點延伸到不遠處的角落，依稀能瞥見克莉絲汀躲藏在一隅、仍不小心露出一小簇蓬鬆尾巴的身姿。

克莉絲汀隨著光影搖曳，拖出一道長而模糊的陰影。

約書亞比了個「噓」的手勢，示意白火不要發出聲音。他伸手朝陰影方向一抓，不可思議的，影子就像是固體般逐漸靠攏到他的手掌心，同樣，身為影子主人的克莉絲汀也彷彿被操縱的布偶般轉動身子，緩慢的朝他走了過來。

見識到這番奇景，白火只感覺到手中的火焰使眼前的景色忽明忽滅，倒是她和約書亞的腳下都空空如也。

冷不防的，她終於察覺到不對勁之處。

——為什麼約書亞知道我可以控制火焰？

「真可愛呢，克莉絲汀，歡迎回來。」約書亞不費吹灰之力的抱起逕自走過來——應該說是被牽引過來的狐狸，「小心點，別再弄丟囉。」並溫柔的將克莉絲汀遞到白火面前。

「……謝謝。」思緒被打斷，但眼前的狐狸才是第一要務，白火連忙拿出籠子，搶在被克莉絲汀噴火燒臉前把她關了進去，謹慎上鎖。

一脫離金髮美青年的懷抱，籠子裡的克莉絲汀再度暴躁起來，兩隻腳的爪子狂暴的抓上鐵籠，發出呼嚕嚕的低吼聲，仔細一看還能發現她嘴裡有著絲絲火霧。

「妳安分點啦，等等就送妳回去了。」白火緊緊抓住籠子把手，以免籠子隨著克莉絲汀的躁動而飛了出去。

幸虧這是用特殊材質製作的強化鐵籠，不然狐狸一噴火，籠子就會被燒熔了。

約書亞低下頭端詳著狐狸，「只是被關在這麼小的籠子裡……有點可憐呢。」

「放心吧，馬上就會讓她自由的。」白火看了眼手上的錶，一點五十分，還有十分鐘，「約書亞，真的很感謝你，我不知道該怎麼報答你才好……只是我還有急事，必須先離開才行。」

「嗯，我知道，加油喔。」

白火敬了個禮，「下次見！」

這次她搶過約書亞的臺詞，迅速跑下樓梯，離開了工地。既然對方總是這麼神出鬼沒，就算不留下聯絡方式，總有一天還是會再見面的吧。

只是，約書亞究竟是什麼人呢？白火拋開好奇與揣測參半的疑慮，快步前往停在不遠處的浮空機車。這是公元三千年普及的交通工具，以太陽能為動力，能夠在低空快速行駛以縮短路徑。

她當然沒有錢買這種神奇的高科技產物，這是向管理局借來的。她在本來的時代也沒有考過駕照，操作方式和閱讀交通號誌都是重新學起，加上考試，花了好一番功夫。

她坐上機車，相當遵守交通規則的戴上安全帽，發動引擎，在即將超速的底線下一路飆回管理局。

看來無論是精神方面還是物質方面，白火均逐漸習慣了未來世界的運作模式。

「荻通訊官，我抓到克莉絲汀了！」一面騎車，她對著管理局裡最沒良心的某通訊官報告。

通訊器另一頭停了幾秒，才小聲的說：「……咦，這樣喔。」

「妳那是什麼失望的口氣啊！我會趕在兩點之前回去，妳有什麼不滿的嗎？」

「和克莉絲汀沒有關係，人家只是肚子好餓啦——午餐時間根本不夠，我只吃了兩個便當！」

「妳就別抱怨了，我可是連午餐也沒時間吃耶！」

「嗚嗚嗚，我不想再加班了啦——我想要休假！休假休假休假！」

這下，白火總算第一次和荻通訊官產生共鳴。她吸了一口氣，難得認同荻深樹，跟著大喊：「我也想要休假啊——！」

★※★◎★※★

下午兩點整，白火「咻」一聲拔起機車鑰匙，以挑戰極限的速度衝回管理局。鐵籠隨著她變成手刀狀態的雙手大幅度搖動，裡頭的克莉絲汀罕見的沒有反抗——因為已經被甩暈了。

「慢著，請等一下！」她對著即將關閉的電梯大喊，連忙扳開電梯門擠了進去，前往四樓醫療科。

到了四樓，電梯門才剛開了個縫，她就死命鑽了出去，快速前往負責接手的醫療科相關單位。

「剩下的麻煩你們了。」她把裝有克莉絲汀的籠子交出去，朝裡頭的橘色生物囑咐了一句：「克莉絲汀，回到原來的世界要小心點喔，別再被時空裂縫吸進去了。」

雖然這狐狸性格惡劣又愛噴火，但畢竟是時空難民，白火還是打算和她好聚好散。

被她搖到暈車的克莉絲汀站起來，充滿敵意的對她吼了一聲，當作是回應。

看著醫療科科員把籠子帶走，白火這才鬆了口氣：「嗚，趕上了，真是太好了……」

「哦，這不是白火妹妹嗎？」

安赫爾從醫療科裡頭的房間走了出來。

平時的他會在打招呼時直接攀上白火的肩膀，心情特好的話還會和她討論這次該如何把路卡整到哭，只是這次安赫爾卻像遊魂似的飄到白火面前，手上抱了一疊文件。那疊文件看起來也不算重，但看安赫爾那靈魂被抽乾的乾癟模樣，就像是抱著幾十公斤的鐵塊似的，隨時都會砸到他腳上。

「安赫爾，你沒事吧？」白火走了過去。見鬼了，安赫爾的臉色差勁到簡直和他的髮色一樣白。

「沒事沒事，局長我怎麼可能有事呢。」

「真的嗎？」

「……好吧，其實局長我正在埋怨自己為什麼是會緩速而不是加速，這樣就可以來個三倍速、五倍速把工作一次處理掉了，絕對超有效率。」安赫爾垂下肩膀嘆了口氣，接著說：「對了，妳來得正好，可以幫我把這些資料送到調停科那裡嗎？」

「我知道了。」白火接過他手上的文件，看來安赫爾走出來的原因就是為了把這些東西送到調停科。不過，看他那副慘烈模樣，可能還沒到調停科就先暈倒在電梯裡了。

至於為什麼會是局長親自將文件資料交過去，這說來也是個謎。

「那就這樣啦，我先去忙了。」

「安赫爾，不要太勉強自己喔。」

「知道啦知道啦。」

白火看著走遠的安赫爾，那背影好像隨時都會一命嗚呼的樣子。管理局每個人都忙得昏天暗地，局長果然更是有過之而無不及。

她抱著文件，搭上電梯來到六樓調停科，將相關文件交給調停科科員。離開前，她看了眼調停用會客室，今天沒有聽見雪莉的咆哮聲，說來也是，雪莉現在應該沒有悠哉到會來管別部門的閒事。

這時電梯門開了，她等著裡面的人先出來時，看見了熟面孔。

朔月頂著頭上的龍角，搖搖晃晃的從電梯裡走出來。走出電梯後，他乖巧的退到道路一旁，就像是石像一樣停住不動。

「朔月？」白火走到他身旁，呼喚他也沒有反應，她又拉拉他的衣角，「朔月，你沒事吧？」

白火抬頭一看，才發現事情不得了了。

「……呼……」

「睡、睡著了？」

朔月保持著站立姿勢，闔上眼開始打瞌睡。先前早就聽路卡說過這個龍族青年會走路走到一半睡著，沒想到是真的。

白火踮起腳尖瞧了眼朔月的睡臉，真是辛苦了，看來調停科這裡也處於地獄之中。

「……啊，兩點了。」這時，朔月像是腦袋裡有裝鬧鐘似的自己醒了過來。

「嗚、嗚哇！突然就醒了？」

「兩點半還有工作，得快點，才行……」說完，他又飄到電梯裡，自顧自的走了。

白火滿臉茫然的目送他離開，所以這傢伙走出電梯到底是要來幹嘛的？

「白火小夥伴，妳不是回來管理局了嗎？人呢人呢？」當她要離開調停科時，通訊器傳來荻深樹的聲音。

會在工作以外的情況下展開通訊，白火直覺又有事情發生：「怎麼了嗎？」

「剛剛暮雨小夥伴問妳死到哪裡去了，再不滾回來就要把妳吊到天花板上來個再見全壘打。」

「我、我現在馬上回去！」

歷經一連串工作轟炸，白火連休息的時間都沒有就死命衝回武裝科。

回到武裝科後，第一眼就看見自己的辦公桌上有著一大疊文件，她整個臉色鐵青。而坐隔壁位置的路卡更慘，根本是文件雪山，看來他今天注定得睡在辦公室裡了。

「死去哪了？」暮雨從科長的座位走出來，本身冷血的性格加上疲勞轟炸，看來真的隨時都能把白火吊到天花板上打出窗外。

「安赫爾剛剛叫我把文件交到調停科去……很抱歉。」

「把桌上那些文件處理掉，今天，全部。」

「我知道了。」沒處理完畢就別想活著走出去，這是她從對方眼神讀出的意思，白火暗自嘆了口氣。

她瞧了眼暮雨，「科長剛從別的工作崗位回來嗎？」

暮雨點點頭。

「和雪莉一起？」

「是又怎樣？」

「……沒什麼。」難怪這兩個傢伙都不肯陪她去抓狐狸，原來是一起開溜了。感情真好。

白火走回自己的座位，拉開辦公椅坐了下去。

桌上一大疊近日的值勤報告書、待整理的武裝科相關文件、尚未彙整的工作資料，以及專門丟給新進菜鳥用的各項打雜事項，光是看著上面密密麻麻的文字，她打算乾脆去撞一撞旁邊的牆壁一了百了。

——對了，路卡呢？桌上都有這麼壯觀的文件山了，卻連個鬼影子也沒見著，該不會蹺班了吧？

白火從座位上站起來，尋找著路卡的身影。

「……啊，原來在這裡。」最後她在路卡的座位上找到本人，原來被文件活埋了。路卡半個身體埋在文件山裡，活像是雪山遇難者，臉前的白紙隨著他的呼吸起伏飄起一角。

「路卡，醒醒，醒醒啊。」白火搖著他的肩膀，雖然很想先讓他睡一下，但再這樣睡下去，他一輩子也別想起來了。

「……唔……白火？」

路卡矇矓的抬起頭來，他看看桌上，又看看白火，反覆調動視線後總算清醒了。

「不會吧，我睡著了？科長呢！」要是被暮雨那傢伙發現他睡死在桌上，絕對小命不保。

「暮雨科長好像沒發現。快點加把勁趕工吧，不然今天別想活著走出辦公室了。」

「討厭，為什麼工作怎麼做都做不完……」路卡有氣無力的撥開擋住電腦螢幕的白紙，重新開始他的工作地獄。

兩人無語的敲著鍵盤，然後有默契的停下手，互看了一眼。

「好想要休假啊……」

彼此不約而同的說出這句話後，又把頭轉回自己的電腦螢幕繼續埋頭工作。

★※★◎★※★

「——終於結束了！」

晚上十一點半，洗完澡刷好牙的白火從浴室裡奪門而出，像是挑戰極限似的用著跳水姿勢彈到床上，抱著枕頭在床上滾了好幾圈。

今天也撐過了恐怖的超時工作日，她把臉埋在枕頭裡，愜意至極的呼了口氣。和白天比起來，此時可說是置身天堂。

「好了，睡覺睡覺……」明天還要早起，然後繼續加班地獄。

她關掉電燈，只在床頭櫃留了盞小燈，然後迅速鑽進被窩裡。

殊不知才把棉被拉到臉上，就發現窗外閃過一道黑影，接著傳來敲玻璃的聲音。在床頭小燈的昏暗光芒下，黑影的驚悚度根本足以讓人嚇破膽。

已經習慣這種「夜襲」的白火嘖了一聲，甩開棉被下床，沒好氣的打開窗戶。

「——晚安，真是個美麗的夜晚呢。」

不出所料，那位夜襲慣犯正是諾瓦爾。

諾瓦爾大搖大擺的乘風而入，臉上絲毫沒有一點私闖民宅該有的羞赧。即便是暑氣濃重的七月，他還是一貫的成套西裝，與他紅髮相襯的黑禮帽自然也沒少。

正常情況下，這種時候應該要尖叫才對，然而已經麻木的白火只是頂著張臭臉，儘管現在身上穿著薄薄的睡衣，但多虧諾瓦爾坦蕩蕩的個性，讓她也沒了一般少女該有的嬌羞心靈。

這裡可是管理局武裝科專用宿舍，先別提他到底是如何躲過層層警備過來的，難道一路上都沒有出現武裝科科員把他打回去嗎？

「你挑這種時間來做什麼？」

「當然是來看妳的呀，白火。自從上次72區救援作戰之後我們就沒見面了，我好想妳呢。」

「我一點也不想你，出去。」

「為什麼？」

「我要睡覺，明天要早起，而且還要加班，總之快給我出去。」

「加班？啊，我知道了。」諾瓦爾豎起食指，他這時才知道白火臭臉的原因，「是因為最近人造裂縫事件頻傳，管理局把一部分人力調到第五星都去的緣故吧？真是辛苦了，我是挺想幫忙的，不過立場為難嘛。」

「要是真的體諒我就快點離開，我要睡覺！」白火左手聚滿了火焰，示意對方再不離開就讓他化為從高空落下的焦屍。

「慢著慢著慢著，冷靜點，那我把東西給妳就走。」天不怕地不怕的諾瓦爾也知道退縮了，他揮揮手叫白火別動火，而後從口袋拿出一個東西，「拿去。」

「這、這個是……」白火眨眨眼，眼前的東西不禁讓她鬆懈下來，手上的雪焰也消失了。

諾瓦爾將一條項鍊遞到她的面前，當然不是先前擅自丟給她的相片墜飾。那次她把墜飾還回去之後，諾瓦爾就再也沒有把那東西拿來當賭注了，畢竟是僅次於生命的重要之物。

白火之所以會呆滯，是因為——眼前這條項鍊是她的東西。

銀鍊子上懸掛著雕磨成彎月狀的藍寶石，房內只有床頭小燈充當光源，但她還是能清楚看見寶石散發出來的晶瑩剔透，隨著擺晃，不時反射著窗外的熒煌月光。

白火是在八歲時被帶到孤兒院的，雙親、出生地、過去的一切記憶她皆沒有留下印象。當時唯一的身世線索，就是她掛在頸子上的藍寶石項鍊。

對身分成謎的她而言，這條項鍊可說是唯一寄託，她甚至認為如果生父生母不在這世上了，這就是他們交給自己的遺物。因此她可是無時無刻將項鍊戴在身上。

來到公元三千年世界初期，她由於思緒混亂而沒有注意，過一段時間才發現脖子上的項鍊不見了，就算詢問第一時間救援她的艾米爾，也沒有下落。

艾米爾說迷子被吸入時空裂縫時，身上的隨身物品會因為時間快速流逝而遺失，不只是物品，甚至連記憶都會因此產生錯亂。

相較之下，只是丟了個菜籃子和項鍊，記憶一切安好的白火感到相當慶幸。反正項鍊多半是掉在時空裂縫裡了，想拿回來也沒辦法，她也只是失落一陣子就恢復心情。

因此，目睹諾瓦爾居然拿著那條藍寶石項鍊，她才會一時間啞口無言。

「……我還以為弄丟了，果然是在你那裡嗎？」恢復思考後，她吁了口氣。也對，諾瓦爾是把她抓來這裡的元凶，她居然沒想到有可能是被他拿走了。

只是他拿那東西做什麼？她雖不懂那條項鍊上的藍寶石要價如何，但看起來價值不菲是事實，把她帶到這裡果然還是為了劫財嗎？

「不是喔，白火的項鍊確實是弄丟了，應該是在穿越時空裂縫時斷掉的吧。」諾瓦爾抬高手，亮了亮項鍊上的彎月型寶石，「這個是我的。」

「你說這是你的東西？」

「嗯，現在我把它交給妳，要好好珍惜喔。」諾瓦爾逕自抓起白火的手，把項鍊塞到她手裡。

然後，趁白火還不及反應時，他輕巧的攬過白火的腰，在她額頭上烙下一吻。

這樣的接觸未免太過唐突，距離近到連彼此的心跳聲都聽得見，白火霎時腦袋一片空白。當她回過神時，諾瓦爾早就離開她身邊，重新跳回了窗臺上，笑嘻嘻的露出脣後的虎牙。

「什、什——」白火滿臉通紅愣在原地，「諾瓦爾，你——」

「那就先這樣了，祝妳有個美夢，白火。」諾瓦爾彎起貓眼一般的琥珀色雙瞳，愜意的笑了，「可能要過一段時間才能再見面了，不要太想念我喲？」

「刷」一聲，他照慣例跳下窗口，消失在滿天星斗的夜色中。

「他、他到底在做什麼啊……」白火腦袋完全短路，傻愣的盯著早就空無一人的窗戶，下意識摸了摸被吻的額頭。

腦中不禁回想起剛才的景象，她差點發出尖叫。這絕對屬於性騷擾的範疇，或是單純的擾敵戰術，總之下次見到那不請自來的慣犯，絕對不能輕易放過對方。

臉頰又是一陣熱，甚至耳根子都紅了，白火乾脆駝鳥心態的鑽進被窩裡，枕頭壓住頭，再用薄被單把自己緊緊包成蓑衣蟲的狀態。

★※★◎★※★

到了隔天午餐時間，一行人難得齊聚一堂，圍坐在管理局的附設餐廳用餐。

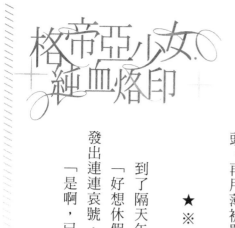

「好想休假——」暑氣加上繁重的工作，一點食慾也沒有的路卡把餐盤推到旁邊，發出連連哀號。

「是啊，已經一個月都沒有好好休息了呢。」芙蕾難得沒有找他麻煩，稀奇的同意他的話。

不單單是她，對面的白火和艾米爾也有氣無力的點頭表示贊同。

「再這樣下去會靈魂出竅啦，然後死在辦公桌前！」路卡趴在桌子上大叫：「科長今天也丟了一堆東西過來，說沒整理完就不准下班！這樣絕對要在管理局過夜了啦！」

「反正你們武裝科不都全部住在宿舍裡待命？不管怎樣都是住在管理局裡吧。」鑑識科的芙蕾根本沒打算同情他。

「不一樣，才不一樣！感覺不一樣——！」路卡繼續唉聲嘆氣。

「與其這樣整理資料寫報告書，不如上前線還比較輕鬆呢……」白火也嘆了口氣，和平主義者的她也改了想法，待在電腦桌前絕對會衰竭而死，不如上戰場和敵人火拚還比較能紓解壓力，「艾米爾呢？你不累嗎？」

「怎麼可能？鑑識科可是忙翻天了。最近人手不足，才剛把迷子和碎片送回來，馬上又得聽命令把迷子送回母時空，一刻也不得閒。」溫順的艾米爾難得發起牢騷，這樣裡裡外外兩頭奔波，簡直就是在訓練折返跑。

「而且不管再怎麼把迷子和碎片送回去，倉庫裡的東西還是一點也沒有減少的跡象啊。乾脆一把火將倉庫裡的東西全燒掉好了……」芙蕾接著搭腔，她是負責內勤的，每天看著鑑識科科員跑來跑去，鑑識科倉庫還是滿山的囤積物。

「放火嗎？聽起來似乎可行……我去準備一下吧。」艾米爾附和。

「你們兩個鑑識科的不要一本正經說這種話啦，很恐怖耶。」要是哪天管理局真的發生縱火案或是竄出火苗，路卡決定第一個懷疑到自家同事身上，「對了，調停科應該也很忙吧？」

白火點頭說：「應該是，我昨天還看到朔月走路走到一半睡著了。」

「唉唷，那很正常啦——」

「可是他睡到一半就自己驚醒了。」白火補充。

「……那就有點問題了。」艾米爾托腮一想，會讓朔月在睡夢中驚醒實在是件很不得了的事情，說不定是工作壓力太大被惡夢嚇醒了。

言歸正傳，管理局會陷入如此加班地獄，可謂事出必有因。

約莫一個月前，第五星都突然提出大動作調度局員的請求，理由出自第五星都也和第二星都一樣出現頻繁的人造裂縫現象，情況甚至比第二星都更為嚴重。

第二星都這邊的時空竊賊還沒抓到，然而第五星都的狀況更為慘烈。第五分局的局員數本來就少，近期又因時空竊賊氾濫而陷入嚴重人員不足的問題，安赫爾只好和其他科長協調，將一部分局員暫時調度過去協助調查，沒被調動的局員則留下來維持第二分局的運作。

套句各業界老闆最常使用的「共體時艱」，人力短缺的節骨眼下，自然是把員工當作開影分身來使用。

鑑於時空裂縫不定時出現，管理局基本上是二十四小時輪班運作。除非是值夜班的人員，像白火這種一般局員，如果沒被調班或是執行武裝科的特殊指示，正常工作時間就是早上九點到晚上六點，週休二日，相當美好的工薪族生活。

為了配合本次人員調度，這陣子各局員大多都會加班到晚上九點之後，週休二日當然也暫時改為排休。這就是為什麼白火他們一副快翹辮子的模樣，一個月連續加班又無規律休假，也難怪整個管理局會陷入一片低迷。

「說到底都是那些時空竊賊的錯啦！來第二星都亂就算了，沒事跑去第五星都做什麼啊？」一講到這裡路卡就有氣，這陣子時空竊賊比較安分了，原本以為他們銷聲匿跡，沒想到是把魔爪伸到隔壁鄰居那裡。

這段時間人造裂縫的事情在管理局內傳遍開來，ＡＥＦ當然也是涉入者之一。眾人認為那些恐怖分子並不是為了行竊，而是想造成社會恐慌，就像一開始陸昂在大街上造

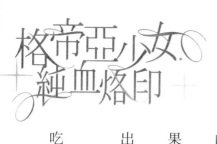

出時空裂縫那樣，看上管理局無法解決這個問題，進而一點一滴的減損管理局的威信。

「對了，上次那個關著類似影獸生物的神秘實驗室，有查出什麼嗎？」提到恐怖分子就想到陸昂，提到陸昂就想到影獸，白火向芙蕾問道。

芙蕾搖搖頭，「只有暮雨情急之下拍的照片，還能夠查出什麼東西？而且研究室也被政府自己銷毀了。現在只能知道政府那些傢伙絕對有鬼。」

「聽白火小姐說，實驗室裡的那些黑影會吃掉人的烙印對吧？」艾米爾問道。

上次72區救援事件，白火之所以沒有參與事件最關鍵的階段——也就是她自己提出的沙族演說，就是因為烙印被吃掉了一大半而失去意識。

白火仔細回想，她也滿佩服當時的自己。不知道巧合之下發現實驗室算不算好，如果被吃掉的烙印回不來，又找不到其他蛛絲馬跡，這未免也太得不償失了。

「總之那些事情都隨便啦，現在最重要的是休假！休假休假休假！再不休假真的會出人命！」原本貼在桌上的路卡起身挺直腰桿，做了個總結。

「——用不著擔心，這星期就可以解脫了。」

這時，安赫爾走了過來，他手上沒有拿餐盤，只有袋裝的維他命飲料，應該是懶得吃午餐。

「局長？」

「午安啊，各位，有種好久不見的感覺？」

「局長，那個——」

「共體時艱，共體時艱。這一切都是神的考驗，要撐住。」

安赫爾首先拋出了企業主用來壓榨人力的經典臺詞，當作是下馬威。而且竟然還趁亂混入了宗教的勉勵詞，實在有夠壞心眼。

「安赫爾，你沒事吧？」白火看著他沒血色的肌膚，幾乎比他的銀白髮色還白，該不會從昨天見到他之後，他就沒離開醫療科了？

安赫爾晃到白火身旁的座位坐下，「剛剛正好和第五星都的人結束會議，告訴你們一個好消息，這種和地獄沒兩樣的生活，在八月一號就能解脫啦，到時候工作時間和休假也會恢復正常。」

「八月一號……這個星期六？」

「嗯，我當初也說了吧？調度差不多為期一個月，八月初左右就會結束。」

「所以這個週末總算可以放假了？」聽到假期的消息，最高興的莫過於路卡，他兩眼發亮直盯著安赫爾。

「對，輪班的班表也差不多處理完了，到時候就把工作交給調回來的局員，你們好好去休息吧。」

「可是這樣不會很對不起調到第五星都的人嗎？」白火問，那些局員才剛從別的地方調回來又得繼續工作，應該和他們一樣辛苦才對。

「其實還好，第五星都那裡也沒有壓榨員工，很人道的，絕對有力氣回來工作。」安赫爾一如往常哈哈笑了幾聲，「和我們這裡的水深火熱不一樣啦！」

白火對他有點另眼相看了，所以說這個星期六——再過四天就可以休息了？她開始盤算休假要做些什麼事。

剛來到這裡不久時，相關證件與許可都還沒正式核發下來，她每個週末都只能在管理局附近閒晃。沒薪水當然沒錢買電視，她只好到宿舍大廳去看免錢的，也當然全是些看不懂的節目，公元三千年的生態她還無法完全適應。

現在來到這裡工作三個月左右，也早已領到了薪資，而且是堂堂的正職員工薪水。可能因為她是燃燒生命的武裝科科員，薪水出乎意料的有分量，不過她還是習慣到大廳去看電視。零星算下來，她只買了手機和足以應付日常生活的新衣服，剩下的薪水都存到戶頭裡。這段時間下來，有了工作、帳戶和證件，她總算體會到正式成為公元三千年世界公民的充實感。

白火心想，加班後的第一個休假應該是補眠吧，睡醒後應該也無事可做。但休假是週末兩天，總不能四十八個小時都睡死。

「芙蕾休假有打算做什麼嗎？」於是她問了對面的芙蕾，說不定有其他休閒項目可以參考。

「睡覺。」芙蕾回答得言簡意賅。

「艾米爾呢？」

「睡覺吧。」

「路卡呢？」

「當然是睡覺，而且要睡到自然醒！」

「……看來我們都一樣呢。」這下白火知道自己根本是白問了，歷經一個月的浩劫戰場，每個人的心裡當然只想滿足最基本的生理需求——補眠。

「我說你們這群肖年郎，別年紀輕輕就一副失去夢想的樣子好嗎？既然是休假，當然是要出去玩才對吧！」安赫爾看著眼前一群垂頭喪氣、整張臉快埋進碗裡的局員們，不免吐槽了幾句：「快點趁這星期去安排些什麼活動啦，順便把白火妹妹帶出去，不然她一輩子也沒辦法適應這裡。總不能讓她永遠當個一千年前的山頂洞人吧？」

「一副頭頭是道的樣子……那安赫爾呢？你休假打算怎樣？」

「想也知道是睡覺，妳瞧瞧我這黑眼圈，不睡行嗎？」

「……」

安赫爾回答得理直氣壯，因為是局長大人，沒人敢反駁。

「不過如果可以出去玩的話，要去哪裡好呢？大家有想去的地方嗎？」最期待出去玩，但是根本沒力氣玩的白火問。

「當然是有冷氣的地方。夏天嘛，直接跑出去絕對會被曬成人乾。」芙蕾第一個表達意見，雖然長期坐在冷氣房裡肩膀都快變成化石了，她還是很堅持。

「我想去海邊玩，可是這種時候沙灘應該很多人吧……果然還是算了。」艾米爾接著說。八月一號正好是星期六，夏天的海灘絕對是人滿為患。

「對對對，夏天的海灘就是人擠人，根本什麼也玩不了。」路卡點頭如搗蒜，「雖然光是欣賞比基尼辣妹就夠本了。」

「路卡先生原來是這種人呢。」艾米爾聽到他最後一句話，換上格外燦爛的笑臉，說道：「請放心，您的外表和內心思想完全勾搭不上邊喔，絕對不會被發現的。」

「你到底是想怎樣啦，艾米爾！想打架嗎！」

「海邊啊……我也好想去。」白火低喃了一聲：「游泳、堆沙堡、潛水、看比基尼辣妹……好想去喔。」

「白火，妳怎麼了？最後一項是怎麼回事？」

「不是啦，只是以前幾乎沒去過海邊，有點想去而已。我不是說過了嗎？以前盡量避免外出，待在家裡哪裡也不能去，當然也就沒辦法和其他人一起出去玩。」

海邊也只有趁著陰天去晃晃而已，沒有其他玩伴，她更沒有興致一個人衝到海裡游泳，頂多只在岸邊踢踢沙子。

「實在難以想像，妳到底是怎麼平安無事活到現在的啊？」芙蕾歪了歪褐色髮絲下的眉毛，「我之前就很想問了，像妳這樣的人在妳那個世界裡絕對是個怪胎吧，都沒被抓去研究嗎？」

「我很低調，所以沒有。」被抓去研究還得了啊。

「換句話說，平常都只能待在家裡囉？」接著是艾米爾說話了。

「嗯，陰雨天的時候才會勉強出門一下。」

「上學那方面怎麼辦啊？」再來是路卡。

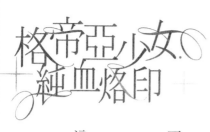

他這種頭腦簡單的笨蛋竟然會提出最重要的就學問題，白火有點欣慰。

「我媽是教師，也辦好了手續。」聽父母說，這之間似乎動用了點大人的秘密，白火不太敢追問實情。

「哈哈哈，總而言之，妳就是貨真價實的家裡蹲了嘛。」安赫爾響噹噹的做了個漂亮總結。

「……反正我就是不知世事的家裡蹲。」

「既然如此，本局長破例一下好了。這次休假大家就到海邊玩怎麼樣？」

「可、可以嗎？」白火兩眼瞪大，以為自己聽錯了。

「有什麼不可以，休假是自由活動時間吧？反正我們有兩天的時間，補完眠再去也不遲啊。」

「好是好，可是假日的海邊不是很多人嗎？」

「來我家就好啦。」安赫爾一臉理所當然。

「啊，對，我都忘記還有這招。」路卡恍然大悟的敲了一下手，「還有局長家嘛，這樣就不用人擠人了。」雖然沒有海灘辣妹可以看就是了。

不單單只是路卡，旁邊的艾米爾和芙蕾也接連露出「原來如此」的表情，讓白火一頭霧水。

「安赫爾，你家是指？」

「喔，我家其中一棟別墅就蓋在海邊啊，沙灘也是私人的，超方便的對吧？」

「……」

「怎麼了，白火妹妹？」

「沒、沒事。」

其、其中一棟別墅，其中……白火撇過頭，猛然覺得身為時空難民的自己和眼前的貴公子哥兒隔了一道深不見底的鴻溝。

雖然單看安赫爾那行為舉止，多少能猜到是有錢人家的少爺，但沒想到居然是私人沙灘這種等級的，而且還是「其中」一棟別墅……不，還是別想了，越想就覺得她和這裡的人逐漸脫鉤。

「到時就睡到自然醒，然後再去別墅玩，並直接在別墅過夜──好像還不錯？」芙蕾開始盤算行程，兩天一夜，隨便準備個行李就行了。

「兩手空空過去也行啦，反正那裡現在還有住人，東西齊全只怕沒人用。星期六就請司機載你們過去吧，大家都是住在宿舍裡，一起載過去比較方便。」

「把暮雨科長、雪莉小姐、朔月和荻通訊官也請來吧？」

「科長還可以理解，但是為什麼要叫荻深樹來啦！」

「雪莉一定會跟著暮雨跑，而暮雨十之八九會回絕，這兩個應該都不會去吧。」

「我會想辦法讓暮雨老弟過來的，哈哈哈，我們可是交情深厚的好夥伴啊。」

「根本聽不懂你在說什麼……局長，你又要用什麼卑鄙的手段了？」

四個人就這樣熱絡討論了起來，好似剛剛的加班疲勞全都是假象，只剩下白火還停留在「其中一棟」別墅的驚惶中，單方面聆聽他們的對談。

仔細想想，這樣好像也不錯？她從來沒有機會參與這樣的活動，能藉此更加融入大家的圈子也很好。雖然被諾瓦爾強硬帶來這裡，糟糕透頂的災難一籮筐，但也不盡然全是壞事。

「白火，妳怎麼啦？從剛才開始就不說話。」

「……沒有，沒什麼。荻通訊官和朔月就讓我來通知吧？」

「喂，妳真的要讓荻深樹去？白火，妳嫌上次被整得不夠慘嗎！」路卡提醒。

「您要是刻意不讓荻通訊官來，她反而會把您整得更慘喔，路卡先生。」艾米爾算是代替白火回答，笑著反嗆了回去。

「那就先這樣敲定啦，詳情之後再說，我先去忙了。」安赫爾看了看錶，隨即離席走出餐廳。

白火看了看牆上的鐘，明明距離午休時間結束還有十五分鐘左右。

一想到星期六的活動，她覺得這一個月的加班似乎不算什麼了，反而有些竊喜。

★※★◎★※★

七月三十一號，休假前一天。

白火隨著暮雨的腳步闖進某區位於邊境、靠近人造海洋的工業廢棄船塢裡，筆直前往深處的秘密地下道。

地下道的入口已經被轟出一個洞來，看這不留情的爆破場面，無疑是雪莉踢的，那位金髮女孩已經率先闖進地下道裡。白火隨著自家上司的引導踩下階梯，一路抵達地下室，輕微的硝煙味撲鼻而來。

地下室當然有人手站崗戒備，不過那兩個警衛現在呈現大字形趴在地上，背上還有雪莉的二十一號鞋印。個子矮的傢伙果然腳也很小。

「全部活捉，其他隨便。」前方的暮雨簡潔有力丟了這句。

「我知道了。」

兩人一路衝到第一個岔口，分別朝兩邊跑。幾次的配合下來，他們似乎培養出這種默契。

往右邊跑的白火相當遵從命令，一路上看到武裝科以外的人就是踢飛，不然就是先發制人用火焰把對方身上的衣服燒光。她控制火焰的技巧越來越爐火純青，能夠在不把人烤熟的狀態下讓對方衣不蔽體，沒了衣服就等於沒了武器，哪都不能跑。

雖然說都是以暴制暴，但比起先前沙族事件那類攸關人命的工作，本次的內容要好太多了。老實說，直到現在她仍無法輕鬆看待戰場與人命這件事——應該說武裝科的成員都是如此。

「哈囉——這裡是等不及想放假的荻通訊官是也！武裝科的小夥伴們，結束這次工作就可以休假啦，真是可喜可賀、可喜可賀！」

耳機上傳來荻深樹的聲音，或許是隔天就能休假，她的聲音格外有朝氣。

經過長期追蹤，終於在幾天前，於此區邊境的廢棄船塢確切找出走私軍火的根據地，武裝科奉命前往鎮壓。這次的工作相當簡單，就和暮雨說的一樣，在別出人命的情況下輾平軍火倉庫就萬事解決。

參與本次值勤的只有三個人，白火、暮雨，以及絕對會跟著暮雨跑的雪莉。路卡的狙擊能力在這種地下空間無用武之地，沒參與外勤的他目前在武裝科處理成山的文件。

「為什麼這種事情要交給我們啊，世界上不是還有警察這種東西嗎？」白火一邊跑一邊飛跳，在軍火商朝她開槍之前，優先把對方手上的槍械燒成廢鐵。

「因為這次的軍火商頭頭是時空迷子嘛——政府就順理成章的把工作扔過來啦。」

「這是什麼爛理由，大可以把工作丟回去吧！」

「當然可以丟回去，不過責任馬上又會彈回來啊，就和彈珠臺一樣咚咚咚咚！然後啪的又飛回來。不過提供正確資料與訊息的是政府喔！所以也算是良好的跨界合作啦。總之快點處理掉吧，我看看喔，現在是下午三點，說不定今天可以六點準時下班喲？」

一聽到「準時下班」這四個字，白火渾身充滿鬥志，幹勁都來了，「我知道了！」

「沒錯沒錯，就是這種氣魄！回去好好睡覺，明天就能去突擊安赫爾小夥伴的海邊別墅啦！來，跟我一起大喊——藍天，太陽，大海與沙灘！」

「藍天，太陽，大海與沙灘！」

「休假休假我來啦——！」

「吵死了，統統給我閉嘴！」通訊器另一頭，受不了這些噪音的暮雨大罵。

這時又有兩個軍火走私商衝過來，白火趕在對方開槍之前跳到他們頭上，分別抓住兩個人的頭，叩一聲相互撞上去。動作敏捷得和當初的菜鳥迷子簡直判若雲泥，短時間擁有高度成長的耀眼姿態實在讓人感動。

「為、為什麼會是武裝科的人——」暈倒前，其中一名壯漢大喊，連話都還沒說完就暈了過去。

「我也想問啊……」白火抓起兩人手上的武器，謹慎的燒成廢鐵塊。

她繼續往裡面奔跑，尋找囤積軍火的房間。

「這種時候要是該隱小夥伴在就好囉，他在的話只要啪啪啪然後砰砰砰，工作就能結束了。」才剛剛被魔鬼科長命令閉嘴，耐不住沉默的荻深樹又丟了這句，看來是待在電腦桌前太閒想聊天。

暮雨肯定百分之兩百把通訊器關了，會回話的只有白火：「該隱？那是誰？」

「前陣子調到別分局的武裝科科員，我想想，我想想喔，一段時間後應該會回來這裡吧？是個挺有趣的人，白火小夥伴一定認得出來啦！到時候要好好相處喔！」

「有趣的人嗎……」

荻深樹說的有趣到底是哪方面的有趣，她完全不想深究。既然是武裝科的人，反正一定是個充滿強烈個人色彩的怪胎。

另一方面，最先衝進去軍火地下儲藏室的雪莉——

「不想屁眼裡被塞滿槍械和子彈，就全部給老娘讓開讓開讓開讓開啊——！」

速度快到可出現殘影的雪莉身影一閃而過，前來抵抗的壯漢們手上的槍登時解體爆炸，竄出一團一團火花。

雪莉當然沒有閒工夫把那些廢鐵塊塞到對方的屁股裡，而是趁小型爆炸發生的同時抬起雙腿，從高空落下鞋根，把地面上一位光頭壯漢的頭部踢凹一個洞。

重新站在地上，她氣勢十足的比了個中指。

「阻礙老娘休假的，統統把你們踹到地心去，讓你們浸到岩漿裡煮到全熟！」

相當期待明天能和暮雨一起去海邊別墅度假的她也是衝勁百分百。

她已經決定好了，明天一定要穿著特別挑選過的粉紅色超可愛比基尼泳衣，而且泳衣上還有可以掩飾她洗衣板身材的荷葉邊，絕對可以打敗荻深樹和芙蕾那兩個波濤洶湧的老太婆。白火那傢伙最近和她的暮雨先生走得挺近，所以也要想辦法支開那個純種程咬金。

沒了這些阻礙後，她就可以和最心愛的暮雨先生展開世界上最「啊哈哈哈❤」的羅曼蒂克沙灘追逐，之後兩人的戀情就會急速升溫……光是想像就讓她差點流鼻血。

「這次絕對要奪走暮雨先生的心——！」她頭上開著小花，又踢飛了一個壯漢。

最後是直搗黃龍的暮雨——

嫌吵的暮雨已經關了通訊器，反正是把地下室裡的人全部處理掉，不依靠荻通訊官的囉嗦指示也行，一路上擋到他去路的人都相當公平的受到武器洗禮，當然是用刀背。耐不住性子的他意外的也會擔憂一不小心用力過猛就讓對方撒手人寰。

沿著他的足跡，後方有十幾個人躺倒在地，要不是對方還有微弱呼吸，景象根本可說是屍橫遍野。

暮雨來到地下最深處，站在一扇比其他房間都來得高大的門的前方，二話不說把門砍成兩半，踹開門，大搖大擺走了進去。

「是誰！」裡頭的中年壯漢看見被切半的鐵門摔在地上，馬上從椅子上站起，「這身衣服是……武裝科？為什麼武裝科的人會來這裡！」

「不知道，別問我。」暮雨也覺得莫名其妙。不過既然是上頭丟下來的工作，也只能乖乖照辦。他看著眼前的男人，脖子上掛著金飾，手指上戴滿金色戒指，房間格局與位置也氣派不菲，一看就知道是帶頭的老大。

一確定目標，他隨即衝了上去，蹬上辦公桌，一記迴旋踢把對方摺倒在地，相當狠心的踩住對方的脖子，動作迅速得好比旋風。

走私商老大口吐白沫，暮雨視若無睹，看了看錶，「十五點二十九分，結束。」

對方手上的槍早就被鐮刀斬成無用的鐵塊，被他踢到角落去了。

他瞥了眼門口，沒有人衝上來，應該都處理乾淨了，便重新打開剛才嫌吵而關掉的通訊器，果然一開啟就繼續聽見荻深樹「休假休假休假休假！」的連續叫喊聲，實在是敗壞風紀。

「暮雨先生好帥氣！雪莉又更加愛您了——❤」

「這裡也找到囤積軍火的倉庫了。」

荻深樹相當配合的做了個結尾：「真是皆大歡喜、皆大歡喜！」

下午三點半，正式結束本次外勤。

多虧了休假鼓舞，第二分局武裝科又刷新了任務完成的時間紀錄。

02 突擊！局長的海邊別墅

「哇──」白火貼在車窗上，凝視著窗外的濱海公路景色。

車輛行駛在半空中，不但能眺望遠處的沙灘海洋，海面上的太陽晶光也一清二楚。

白火盯著這片碧海藍天的景色，精神異常亢奮歡愉，睡意全無。反正昨天在正常時間下班後，她就回到房間倒頭大睡，該補的睡眠也補回來了。

總計八個人坐在加寬加長的黑色浮空汽車裡，車裡的座位是對坐型的高級沙發椅，就算一次坐滿八個人，座位依舊寬敞舒適。安赫爾則坐在前方的副駕駛座。

白火還是第一次看見這麼豪華的浮空汽車，巨型的黑色無機物飄浮在空中的姿態實在太過懾人。不過加寬加長的話，要怎麼轉彎和倒車啊……啊，不對，這裡可是公元三千年的世界，不需要在意這種細微末節。

朔月沒來，他表示休假的自己會直接睡上四十八小時，怎麼搖也搖不醒，索性不參加這次的海邊度假。

除了興致高昂猛盯著窗外的白火，其他人當然是趁這段時間繼續補眠，倒頭就睡。意外的是連暮雨也在場，看來安赫爾真的用了相當卑鄙的手段把他抓來。

暮雨旁邊理所當然坐著信奉暮雨教的雪莉，她正親暱的挽著魔鬼上司的手臂，像是麥芽糖似的拔也拔不開。

白火還挺好奇安赫爾到底是耍了什麼手段才把暮雨叫過來的，她偷偷瞥了眼斜對面的上司，沒闔眼的暮雨理所當然瞪了回去。

「看什麼？」

「科長居然會一起來……總覺得有點意外，發生什麼事了嗎？」

「回自己家還需要理由嗎？」

「咦？」

不想多說話的暮雨別過頭，順便甩掉雪莉熟睡而鬆開的手。

白火還來不及問到底是什麼意思，就看見窗外景色改變，黑色浮空汽車正熟練的駛近海邊別墅的私家停車格裡，看來已經抵達目的地了。

「好啦，到了到了，統統醒來吧。」前座的安赫爾解開安全帶，朝後方喊了幾句就率先下車。

後車廂的人實在不得了，一察覺到車子行駛的震動停止，各個立即睜開眼，雙目炯炯有神，好像剛才的熟睡都只是在演戲一樣。

「我的海邊沙灘，我的美好假期，萬歲萬歲——！」

荻深樹高舉拳頭歡呼，艾米爾靈巧的閃過她揮來的手，於是拳頭揍上路卡的側臉，發出「噗」的一聲哀號。

「喂，荻深樹！妳是故意的吧！」

「快點下車啦，路卡小夥伴，你擋到路了，去去去。」

「妳當我是狗嗎？」

車門旁的路卡還是乖乖下車，旁邊的荻深樹又是「哇哈」一聲跳下車，抓著路卡華麗的轉了好幾個圈，害得剛下車的他差點暈死。

白火打開另一邊車門，停車位是在別墅後院，她抬頭一看，不免又驚呼了一聲。

四層樓高的洋房，說是別墅也太氣派了點，她不禁問了旁邊的安赫爾：「這真的是別墅嗎？」

「唔，本來是家裡打算買下來度假用的啦，不過因為環境不錯，我小時候就是在這裡長大的，放長假的時候也會回來這裡。現在一樣有人管理。」他瞄了眼後方，看來全部的人都下車了，「反正你們也不是第一次來，我就不帶路囉？」

「好開心，一下車就是自由活動——！」荻深樹立刻像是脫韁野馬般衝進別墅的後門裡。

芙蕾戴著時尚感十足的太陽眼鏡，褐色捲髮隨意的綁了個馬尾。知道是度假，她換上和平日鑑識科制服完全不同的優雅長裙，開叉幾乎開到了大腿，只要跨出步伐就會露出一截細長美腿。

「走吧，白火。」她看著一臉發愣的白火，打算帶路領她過去。

「芙蕾，大家很常來這裡嗎？」

「其實也只有一、兩次啦，既然安赫爾都這麼說了，就輕鬆點當自己家囉。」

走進別墅，荻深樹早就不見人影，多半是把行李丟到客房後就衝向海灘了吧。甩開雪莉的暮雨繞到別的樓層，自顧自的走了，於是雪莉只好折回來和她們一起前往客房。艾米爾相當有禮貌的和安赫爾一同離開，應該是要去向這裡的傭人和親戚打聲招呼，路卡也被抓了過去。隊伍各自解散。

客房是女性四人房，走進房間的白火眨眨眼，簡直比飯店還高級，電視、冰箱、電腦、衛浴一併齊全。相較之下，雖然她在管理局宿舍的房間也不差，但根本天壤之別。距離房門最近的床位附近已經有荻深樹亂成一團的行李，果然是隨便丟到地上就跑出去了。

白火等雪莉和芙蕾選完床位後，才把行李放到離門最遠的床位旁，外面還有陽臺，落地窗的窗簾質地柔軟。她打開窗戶一看，窗外景色正是陽光普照的蔚藍大海。

「慢死了啦妳們，快點快點——！」早就換上泳衣的荻深樹站在沙灘上，抬起頭來對著她們揮揮手。她穿著和櫻色頭髮相襯的淺綠色比基尼，相當合適。

「妳也太快了吧！」白火抽抽眼角，她該不會是直接從陽臺跳下去的吧？

這個時候，換好泳裝的雪莉充滿自信的走出浴室，順便把一頭金色長髮束成了單邊馬尾。

「妳們看，雪莉的必勝泳裝❤」她穿著粉紅色比基尼，信心十足的擺了幾個撩人姿勢，「這次一定要擄獲暮雨先生的心！」

白火也不知道該說什麼，只好鼓勵的說了句「加油」。她猜想暮雨應該會就此關在房間裡不出來才對，畢竟她實在難以想像魔鬼上司跑去海灘閒晃的模樣。

雪莉直接走到陽臺，雙腳換上黑色長靴，相當省時的從陽臺跳了下去。

「哇塞，新泳衣耶，雪莉小夥伴！」沙灘上的荻深樹看見她跳下來，大喊了聲。

「怎麼樣，好看吧❤」

「荷葉邊確實遮住了妳平到快凹進去的胸部，相當適合妳喔，欸嘿嘿嘿！」

「……不要隨隨便便說出來，妳這個白痴通訊官！去海底和深海魚作伴啦！」

接下來，雪莉夢寐以求的沙灘追逐遊戲確實開始了，可惜並非是暮雨追著她跑，而是她追殺著完全不怕死的荻深樹，奔跑速度快得把沙灘劃出了一條凹縫，可謂摩西劈海睽違數千年後的再次降臨。

「怎麼了，白火，妳不換泳衣嗎？」芙蕾也換好了泳裝，疑惑的問道。

「沒關係，我這樣就好了。」

「妳該不會是沒有泳衣吧？」

「嗯。本來想說趁前幾天去買的，可是因為加班，根本沒有時間……」白火搔搔臉頰，乾笑了幾聲，「不過沒有關係，這樣也可以下去玩水啊，我有帶換洗的衣服。」

「嘖嘖嘖，妳種心態就不對了，來海邊玩不換泳衣怎麼行呢？」芙蕾從行李裡翻出了東西，「早就知道會有這種問題，我多帶了一套，拿去。」

白火吃驚的眨眨眼，芙蕾就連這種小細節都很貼心，「謝謝妳，芙蕾！」她難掩喜悅的接過芙蕾手上的泳衣。但是芙蕾凹凸有致的身材和她這種洗衣板大相逕庭，套上去搞不好會馬上滑下來，不知道能不能穿。

原本是想在身上比一比的，殊不知她才一攤開泳衣，臉就綠了一半。

「怎麼了，白火？」

「這、這種我不能穿！辦不到！」

「什麼辦不到，不就是普通的泳衣嗎？」

「哪裡普通！我不敢穿啦！」她看著手上的黑色兩件式巴西比基尼，馬上塞回芙蕾的手裡，「這根本不是什麼泳裝，只是兩塊布而已吧！」而且還是少得只能勉強遮住重點部位的布！

「妳在說什麼傻話，我可是看準妳皮膚白，才特別幫妳挑這件的喔！別小看這種黑色基本款的，和妳的黑髮配起來可是殺傷力百分百！而且妳看這邊的繩子，絕對能凸顯出身體線條，這種若隱若現的感覺多美好啊？」

「美好個鬼，換句話說豈不是繩子一抽，衣服就掉下來了嗎？我才不要！說什麼都不要！」

「妳是擔心胸部小的問題嗎？我連胸墊都準備好了，特別挑過的高品質，也不會有被海浪打到而掉出來的問題。別擔心，這次不算妳錢。」

「妳是在推銷嗎？還有不是胸部的問題！我才不在乎胸部小，我一點也不在乎，區區兩塊脂肪團，我怎麼可能會在乎啊！」

「欲蓋彌彰的傢伙，其實妳在乎得要死吧！」芙蕾一把抓住白火的肩膀，把她推到床上去，然後跨坐在她身上。

被強硬壓到床上的白火當然奮力起身想抵抗，「啊啊啊，放開我！放開我！」這個視角實在太過驚悚，除了芙蕾傲人的胸圍以外什麼也看不見，又不能直接把對方的胸部燒掉，她只好瘋狂扭著身子掙扎。床墊與內部的彈簧隨著她劇烈抵抗而伸縮抖動，床上的攻防戰登時成為了波濤動盪的海面。

「不要，我絕對不穿，死都不穿！離我遠點！」比起前陣子的夜襲慣犯紅髮貓眼，這才是貨真價實的性騷擾啊啊啊啊啊！

「乖乖覺悟吧，白火。」

「妳到底為什麼這麼堅持啦——！」

「叩叩。」一陣敲門聲傳入耳裡，兩人不約而同朝門口一看。

「是我，艾米爾。」艾米爾站在門前，「我聽到白火小姐的慘叫聲，請問發生什麼事情了嗎？」

「艾米爾，救我！門沒鎖！」被壓在床上的白火繼續大叫。

「白火小姐？」艾米爾乖乖推開房門，然後看到了挺不得了的景象。

「……真的很抱歉，打擾妳們了。」愣了三秒左右，相當識相的艾米爾紅著臉退了出去。原來他的同事們有這種嗜好。

「艾米爾，你誤會了什麼？」芙蕾看著逃出去的艾米爾，不自覺鬆了手上的力氣。

白火抓準時機，一個使力彎起身，「抱歉，芙蕾！」她稱不上溫柔的用手刀掃過芙蕾的側腰，趁對方吃痛歪著身子倒在床上時，迅速翻身跳到床下，拔腿往門外狂奔。

「白、白火小姐！」與她擦身而過的艾米爾本來想叫住她，才發現她的衣服已經被芙蕾扒掉一半，該看的、不該看的都看見了。他可是思想舉止均純正的美好少年，將來得挑起國家棟梁的新世代菁英，只能嚇得馬上遮住自己的臉，「嗚、嗚哇哇哇！」

白火一邊扣著襯衫釦子，飛也似的逃了。

「艾米爾，你害羞個什麼勁，不過只是釦子沒扣而已！」摔倒的芙蕾爬起來，抓著黑色比基尼大叫。

「什麼不過只是，已經很嚴重了好嗎！芙蕾小姐，您到底做了什麼啊！」

「總之快點把她抓回來啦——！」

白火貼在轉角的牆上，偷偷往外探頭，果然看見芙蕾閃過去的身影。

「白火，妳在哪裡，快點給我出來！」芙蕾拿著黑色比基尼穿越樓中樓，爬到四樓繼續找人。

白火趁對方上樓的時候拔腿開溜，她根本不清楚別墅的構造，又不能隨便闖進其他房間避難，只好走一步算一步。既然對方往四樓闖，她就順勢衝到二樓逃亡。絕對不能把芙蕾引到沙灘去，以她的認知，芙蕾絕對會和荻深樹聯手，雪莉說不定也會跟著湊上一腳，到時候她很可能就會在沙灘上被扒光衣服。光是想像那不堪入目的三流畫面，就讓她背脊寒冷的發抖。

「那個比基尼惡魔，明明是休假，為什麼卻像是流亡一樣……」她嘀咕抱怨，下了二樓之後馬上躲到樓梯轉角，偷瞄了走廊一眼。很好，沒有人，繼續往前跑。

——既然是別墅，應該也會有後院陽臺什麼的，就躲到那裡去吧。

白火一面梭巡四周，盡量避開有窗口的路徑，窗口正對著海灘，被發現就死定了。她一面望著窗外、一面跑著，把視線調回來時，眼前正好出現一道人影，她來不及剎車就直接撞上去，「噗！」她發出不太優雅的悶哼聲，按住發疼的鼻子，趕緊彎腰道歉。

「對不起……」

「慌慌張張的做什麼？」

「咦？」抬頭一看，深藍色短髮、祖母綠雙眼，還有那根本可以說是武裝科魔鬼科長最佳象徵的冷峻臉孔映入眼簾。

「暮雨科長？」她撞到的人居然是剛從房間裡出來的暮雨。

不只如此，暮雨一看到她的衣服，立即面有難色的皺緊眉間。

「怎麼了嗎，科長？」白火順著他的眼神低頭看自己的胸口，「嗚哇！」才發現剛剛慌張扣上的襯衫釦子亂七八糟，沒一個扣對。加上一副氣喘吁吁的模樣，活像是被做了什麼見不得人的事情然後狼狽逃亡似的，又不能當場解開扣回去，白火丟臉的想哭。

「不是這樣的，科長，請聽我解釋！」

「……」

「所以說您誤會了……嗯？」話說到一半，白火察覺到樓梯間傳來倉促的腳步聲。

芙蕾的叫吼聲同時從樓梯口傳了過來，「——白火，快點給我出來！」

「糟了，過來了啦！」白火倒吸一口氣，趕緊瞪向暮雨旁邊的房間，既然科長是從那裡走出來的就代表可以進去吧！「對不起，借我躲一下！」她轉開門把闖了進去，砰一聲關上門。

走廊上只剩下一臉莫名其妙的暮雨。

幾秒後，芙蕾果真從樓上衝下來，闊步走向暮雨，「暮雨，你有看見白火嗎？」

「關我什麼事？」暮雨白了芙蕾一眼，他現在可是被反鎖在自己房間外，怎麼想都很不是滋味。

看這反應多半是沒看見，芙蕾點點頭，往走廊另一端跑過去。

暮雨又是一臉納悶，那女人沒事抓著兩塊黑布狂奔做什麼？

聽見腳步聲走遠了，白火才戰戰兢兢的打開一點門縫，她轉轉眼珠子，很好，上下左右都只能看見暮雨的臭臉，芙蕾應該離開了，「……很抱歉，科長，突然把您鎖在門外。」她敞開門，賠罪似的縮起肩膀。

「玩夠了就出去，這裡可是我的房間。」

「什麼？」白火回頭一看，才發現房內的規格根本不是客房，擺滿書籍的書櫃、辦公桌和僅僅一張的單人床，一看就知道是定居已久。

她突然想起暮雨在車上說的話——回自己家還需要理由嗎？

「不、不會吧？」白火一時忘記自己正站在別人房裡，這事實太過晴天霹靂，她驚恐萬分的退了好幾步，「科長和安赫爾原來是——」

「我是養子。」想快點把她打發掉，暮雨單刀直入的說了。

白火眨眼，也對，如果和安赫爾那傢伙是兄弟，髮色、長相和性格都天差地遠，又不是基因突變或八點檔的民間肥皂劇。這下長久以來抱持的疑問總算得到解答：原來乖僻的魔鬼科長這麼聽安赫爾的話，是不敢忤逆兄長大人和撫養家庭嗎？

安赫爾和暮雨是兄弟，這堪稱霹靂無敵驚人的真相，為什麼至今為止都沒有人告訴她啊？只是科長這種根深柢固的偏差性格怎麼看也不像是被安赫爾培養出來的跡象……她又不禁昂首一望，「……咦！」然後又是一聲驚呼。

「又怎麼了？」

「那、那個，暮雨科長脖子上的——」

在管理局工作時，一般都穿著武裝科制服或戰鬥服，禁止配戴首飾或戒指。白火是第一次看見換上便服的暮雨，但那些都不是重點，重點是暮雨掛在頸子上的東西。

和她頸項上一模一樣的——彎月狀的藍寶石項鍊。

半晌，白火震驚得說不出話來，根本無從說起。她乾脆解開自己藏在襯衫衣領下的項鍊，遞到暮雨眼前。

看著那串反射著陽光的藍色月牙項鍊，暮雨睜大雙眼，一樣瞠目結舌，「等等，妳為什麼——」

冷不防的，他們心中閃過同樣的話語：「妳、我，甚至是諾瓦爾，我們三個人……一定曾在哪裡見過彼此。」

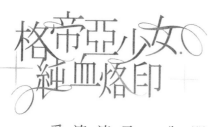

十三年前，2987C.E.，八歲的暮雨被布瑟斯家族收養。

布瑟斯家族為第二星都頗有名氣的財團，各方業界都有所涉獵。安赫爾則是布瑟斯本家的么子，由於是老么，不強迫繼承家業，從小就養成放浪坦蕩的性格，和那些愛擺架子的有錢人家少爺完全不同，老是抓著小他五歲的暮雨到處亂跑。

兩兄弟當年就住在現在這棟海邊別墅，直到長大才搬離，並一同接受考試與層層篩選，成為管理局的一員。

暮雨過去的處境和白火相似，在被收養之前都待在類似孤兒院的收容機關。收容機關裡也有如同他一般失去影子的烙印者，只是基於時代不同，他自然不會像白火那樣因為沒有影子而受到同齡孩童的欺凌，或是遭受大人的顧忌。

儘管如此，暮雨渾身散發出來的冰冷氣息就連一般小孩也會對他避而遠之。冷漠寡言、不喜形於色、沒有同齡孩童該有的好奇心與情緒起伏，甚至從來沒人見過他流下一滴眼淚，情感匱乏這一點也和從前的白火類似。白火的性格是在被收養後、找回與人交流的溫暖才逐漸回溫，暮雨倒是沒什麼轉變，就算長期和安赫爾相處下來，似乎也沒有受之影響。

更重要的一點是——暮雨並沒有八歲以前的記憶。

當他被送到收容機關時，處於無法判明過去與身世的狀態，有關雙親的消息更是尋不出任何蛛絲馬跡。唯一可稱得上線索的就是頸子上的藍寶石項鍊。幾乎失去所有記憶的他，唯一深深烙印在腦海裡的就是「暮雨」這個名字。

「……一模一樣。」對照了兩人極為相似的過去後，暮雨如此說道。平日冷淡的口氣明顯有著情緒起伏。

持有相同的特殊物品、同樣身為失去記憶的孤兒、並且都有諾瓦爾從中作梗這點，他們兩個的過去一定有關聯。加上前一回72區救援作戰諾瓦爾冗自跑出來支援時，暮雨脫口而出的那些話語，更是增添了事件的謎團性。

「可是差了將近一千年……這有可能嗎？」白火疑惑的蹙起眉。

她是2003C.E.被收養，暮雨則是2987C.E.，光是時間差距就相差好幾世紀。據她所知，按照相關法律明文禁止的條項，公元三千年並沒有所謂的時光機，要是不小心改變過去導致未來扭曲以及促成平行世界的關聯誘因，問題將一發不可收拾。

那麼關鍵一定掌握在諾瓦爾手上。

白火揣測，諾瓦爾前幾天把項鍊交給她，說不定就是看準她和暮雨絕對會發現事情有蹊蹺，加上他之前也說暫時無法見面，一定是預測到她會想辦法把他抓回來逼問，便率先逃到不為人知的地方了。但是就算抓回來，狡詐到極點的諾瓦爾多半也不會輕易鬆口，幾次經驗下來，白火深知這位非敵非友的神秘青年就是這種難以捉摸的性格。

暮雨也清楚沒有最關鍵的紅髮貓眼，事情根本無法再深入調查，索性乾脆的做了結論：「這件事情先保密吧。」

「安赫爾也不行嗎？」

「別告訴他，說了麻煩。」

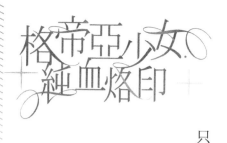

「我知道了。」白火想一想又覺得有點不對，「……但是照局長那樣子，被發現也只是遲早吧。」

暮雨完全同意這番話，他頷首。

對話就這樣斷掉了，空間登時陷入難耐的沉默。

「……我沒有辦法想像。」倏地，暮雨丟出了這句話。

「什麼？」

「妳在來到這裡之前的生活。」

他應該是指孤兒院的事情。白火愣了一下，隨即樂觀的搖搖頭，「其實比想像中的還過得去，因為只在那裡待了一年左右，之後收留我的養父母都是很溫柔的人。」

暮雨望向房內一隅的小窗，「這樣啊。」看似不以為意的回覆了這句話。

白火從這個角度看不到暮雨臉上的神情如何。夏日豔陽折射玻璃而入，打落在地面上，陽光徹底被地面的地磚接縫切割成了兩塊。

白火心想，和之前在黃昏時的夕陽山丘一樣，向來冷漠的科長總會在意外之時流露出情緒，幾次相處下來，這種感覺確實相當奇妙。她甚至萌生了某種情感——她想嘗試窺探，對方心中究竟埋藏著什麼樣的陰鬱。

「就算知道我和其他小孩不一樣……卻還是收留了我，教導我許多知識與情感，扶養我到現在。我相當感激。」

「嗯。」

「那麼，科長呢？」

「什麼？」

白火不偏不倚盯著他因詫異與疑惑而轉回來的視線，對著他語塞的神情，又重複了一次：「也可以告訴我您的事情嗎？我想知道您的過去。」

午後太陽亮度充足，房間內沒有開燈也足以映照出兩人的面容。

向來舉止收斂的白火，此刻一對水靈眼睛瞪得老大。她雖沒有說話，但「我可是把自己的事情都說出來了」這句話全寫在臉上，目不轉睛的盯著眼前的魔鬼科長。

暮雨就這樣和她對視良久，思忖了片刻，最後心不甘情不願的扭過臉，「……我是被布瑟斯家族『買』下來的孤兒。」

回想起從前那個被他抓去訓練場接受嚴格特訓的時空迷子，如今竟然神態自若的等著他把實話吐出來，這種情勢顛倒的局面讓暮雨相當不是滋味。

「布瑟斯是看在我有利用價值才收養我的，除此之外沒有其他……就算是像我這種身世不明的孤兒，只要有力量，仍然可以在管理局占有一席之地，二來也能夠打響家族的名聲。我和安赫爾來到管理局的目的，說穿了就和宣傳看板沒有兩樣。」

既然兩個人都已經被捲入諾瓦爾設下的謎團中，好歹也是共同戰線的夥伴，加上白火曾經說過「和平共處」這幾個字，抗拒歸抗拒，他還是僵著臉一字一句道出自己的情報。互相掌握彼此最低限度的底細，這樣起碼也算公平交易，「但是無妨，我很感謝收留我的家庭。就算是被當成工具，目前的生活也不壞。」

向來寡言的科長難得如此侃侃而談，白火乖巧的當了聽眾。她沉默許久，而後有些遲疑的搖了搖頭，「……我覺得不一定是科長想的那樣。」

「什麼？」

「我這個外人可能沒資格說這種話，但是……無論契機為何，是同情也好，利用也罷，只要長期相處久了，一定會產生感情的。」

「妳在說之前逃掉的那隻狐狸嗎？」好像叫做克莉絲汀，吐了路卡一臉火焰就逃跑的異邦生物。

「不是！」想到曾經在炎日正午下追逐的那隻母狐狸，不堪回首的白火大聲否定回去，又壓低了音量繼續解釋：「我的意思是……當初我也隱約察覺到養父母是基於同情才收留我的，那種感覺直到現在也讓我感到難受……即便如此，我還是得到了父母的親情與愛情，我想……那就是我的『歸屬』吧。」

踩在被陽光包覆的某塊室內地磚上，太陽在黑長髮上照耀出光芒。

「每當看到您和局長……看到您和您的家人相處時，我總是很羨慕。」

——因為再怎麼樣，我的家人都已經不在我身邊了。

白火的言外之意似乎是如此。這聽起來不是抱怨或嫉妒，只是純粹在欣羨他人的同時，自然而然回想起自己的昔日光景那樣。

暮雨不發一語的瞇起眼睛，望著朝自己走過來的她。

「我沒見過您的其他家人，所以不敢斷言，但是安赫爾——您的哥哥對您的重視程度，就連我這個剛來到這裡不久的外人都看得一清二楚，所以絕對沒問題的。」

「……」

「這點您應該也早就發現了才對，所以——噗！」話還沒說完就臉頰一疼，白火發出有點像是皮球洩氣時的慘叫。

前一秒還乖乖當個聽眾的暮雨冷不防伸出右手，用虎口攫住她的兩邊臉頰，拇指和其餘手指壓縮她的臉，使力把她扭曲的臉孔往上抬。

「枯、枯長！您做神謀！」

「來到這裡一段時間，這張嘴倒是變得挺善辯的。」暮雨的臉一湊近，直視著幾乎被捏成章魚嘴的白火，「剛來到這裡時明明只是個什麼也不懂的膽小鬼。」

「神、神謀東西？」

「二十一世紀的舊腦袋。」

「什麼？！」

「還被艾米爾轟了一槍。」

「這和那沒關係吧！」

白火的兩邊臉頰被揪得像是麻糬一樣凹陷進去，上下兩瓣嘴唇彎成半弧狀，簡直像是吐水換氣的深海魚，這副姿態就算不用照鏡子也猜得出來多醜陋滑稽。

——這人到底是想做什麼啊？這人真的沒問題嗎？

對方力道之大讓她進退兩難，保命最重要，白火不客氣的抓住對方手腕打算反擊，就是怎樣都甩不掉那看似充滿骨感卻意外有力的手，「好痛，您做神某，快放手啦！」

「布瑟斯的事要是敢告訴其他人，尤其是安赫爾，就把妳塞回時空裂縫裡讓妳再當一次難民。」

「我不會說、我會保密的！所以快點放手！」臉皮要掉了啊啊啊！

「記住妳說過的話。」暮雨又瞇起眼，再次貼近她的黑色眼瞳。他是認真的，如果白火真的敢洩密的話，就會當場被送去永無止境的時空裂縫之旅。

「刷」一聲，也沒打算真的扯下她臉皮的魔鬼科長鬆開了手。

白火立刻按揉著幾乎被捏出紅印的兩邊臉頰，對方的指尖是一貫低溫，臉頰卻不知怎的發燙起來，這人出手果然有夠狠心。該不會是干涉私事過頭，惹他不高興了啊……

她一邊揉著臉頰，頗有反省姿態的抬起頭來問道：「您、您生氣了嗎？」

「不，反而覺得心情不錯。」眼前的暮雨竟然挺愉悅的笑哼一聲。

心情不錯的話會把人的臉皮當作玩具扯嗎？白火有點怕怕的，她突然覺得眼前這位科長的思維模式有點危險。

「只是覺得……自己至今為止的煩惱有點可笑而已。」暮雨說道。

「什麼？」

「調查清楚吧。」暮雨沒理會她的疑惑，突如其來拋出這句話，並且目不轉睛的直盯著她，「妳，還有我，我們的過去究竟為何。」

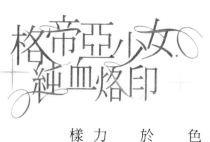

凝視著眼前的兩輪綠色明月，白火一時連痛覺都遺忘的怔忡在原地，她下意識的想著——這個人的眼睛果然很漂亮。瞳孔間不見任何雜質，彷彿能一次窺視到底部的藍綠色湖面，澄澈而吸引人。

她很快回過神，「……嗯。難得都過來了，不查清楚就回家，總覺得有點吃虧。」

於是她也點點頭，同意的回答道：「一起加油吧。」

說來也是，這種謎團不解開也不痛快。再次奠定了合作關係後，才剛被施以職權暴力的白火，心情也再度明亮了起來，「科長，我們這樣就好像是結成了什麼偵探團體一樣呢。」真有種找到同伴的欣慰感。

「隨妳怎麼想。」

不出所料，難得顯露一點喜色的暮雨又變回平時的步調，冷淡的哼了一聲。

白火又看了一眼他脖子上的藍寶石項鍊，終於回想起現在是度假期間的事實。難得來到海邊，這種麻煩事就先擱一旁好了，「科長，我們去找大家吧？」

「妳自己去，我不是來玩的。」

「那您為什麼會一起過來？」她有點好奇安赫爾是用了什麼卑鄙手段。

「因為其他人都知道我的房間在哪。」

言下之意就是：如果他不來監視的話，他僅有的小小空間絕對會被雪莉或荻深樹那種人撬開偷窺一番，把他的隱私權踐踏一地。

「不過還是出去走走吧？難得都來了。」白火冒著被他嫌煩的風險，又再度邀請了一次，「不然一直待在房間裡會發霉的喔？」

暮雨瞪了她一眼。白火原本以為會被拒絕，沒想到他竟然板著臉乖乖站了起來，雖然是一副心不甘情不願的模樣，也算是同意了。

白火難得露齒一笑，率先走出房間。芙蕾應該已經放棄找她了吧，她原本是這麼想的，殊不知才剛和暮雨走到一樓，就聽見相當響亮的一句話。

「——哼哼哼，找到妳了，白火。」

「……」

那位巴西比基尼惡魔是放棄找人了沒錯，因為她改為待在通往沙灘的大門候著，反正白火遲早會跑去海灘，等對方自投羅網還比較有效率。

白火看到她手上的黑色比基尼，嚇得一連退後好幾步，「妳到底鬧夠了沒啦！為什麼非得要做到這種地步！」

「唔——因為想看？」

「有什麼好看的，妳照鏡子不就得了！」

於是瘋狂的巴西比基尼追逐戰又開始了。

★※★◎★※★

率先來到海灘的人當然是玩鬧了起來。

荻深樹和雪莉的妳跑我追甜蜜遊戲早就告一段落。穿著黑靴的雪莉把沙灘刮出一條高速公路，大熱天的緣故，她已經化解深仇大恨，和荻深樹在海裡互相潑水。

從海底潛上來的路卡甩甩臉上的水，濕透的橙色髮絲閃著陽光，他看了看別墅的方向，還沒有人過來。

「白火和芙蕾也太慢了吧，她們怎麼啦？」他揚聲問了正走過來的艾米爾。他早就猜到暮雨會關在房裡不出來，所以沒追問科長去了哪。

艾米爾難得遲疑了幾秒，有點尷尬的別過臉，「……發生了點狀況。」

「狀況？什麼狀況啊？」

「我不知道！路卡先生……請不要問這麼不識趣的問題！」逃避現實的艾米爾馬上掉頭跑到正在準備的烤肉架那裡，開始幫忙生火。

這小鬼生什麼氣啊？挨罵的路卡一臉莫名其妙，他不明所以的歪歪頭，到底是什麼狀況？莫非是女生最麻煩的那個？

「路卡小夥伴、路卡小夥伴！」荻深樹踩著海水走到他身旁，先前路卡早就刻意和她拉開距離，所以她走過來花了點時間，踩在水裡歪頭晃腦的模樣實在有點愚蠢。

路卡下意識退了幾步，「做、做什麼？」

「教我游泳！」

「人家也要，路卡，教人家游泳嘛——❤」另一旁的雪莉也攀了上去，濺起一小片水花，她的金髮馬尾濕濡，也是一片金光閃閃。

「什麼鬼，妳們早就會游泳了吧，不然剛剛在幹嘛啊！」明明兩隻手臂都被比基尼辣妹挽住，他卻一點也沒有怦然心動的快感，這兩個傢伙又要用什麼方法毀滅世界了？

「剛剛只是在潑水而已啊，對不對，雪莉小夥伴？」

「對啊對啊，人家本來一直期待有天溺水好讓暮雨先生來救人家的，所以遲遲沒有學游泳，可是暮雨先生都不來，所以還是學一下比較好嘛，以免哪天真的出事情——」

「荻通訊官我也是一整天坐在電腦桌前，根本沒機會學游泳啊，趁這個機會嘛！拜託了，最可靠、最帥氣、最溫柔的路卡小夥伴！」

荻深樹和雪莉雙手合十，緊閉著雙眼懇求著：「請教我們游泳吧！」

「嘿——要教游泳啊？那麼也順便教我吧。」安赫爾從烤肉架那裡走過來，現在變成艾米爾在顧火，他索性跑來海邊玩水。

「不會吧，局長也是旱鴨子？」

「唉唷，誰規定醫療科的人非得會游泳不可啊？我又不是在海底工作。」安赫爾走到他面前，半截身體浸到澄澈的海水裡，「我得趁哪天被溺死前挽救這個缺陷啊，拜託你囉，路卡小弟？」

「到底是真的還假的啊，大家都是旱鴨子？」

「不要說這麼大聲啦，旱鴨子旱鴨子的，很丟臉耶——對不對，雪莉小夥伴？」

「對啊，要是暮雨先生知道了絕對會很失望——快點教人家游泳嘛，路卡——」

「路卡小弟，你就給我這個局長留點面子嘛？」

路卡兩隻手分別被荻深樹和雪莉架著，眼前又站了個旱鴨子局長，「我知道了我知道了啦！我教，妳們快放手！」他紅著臉大叫，因為荻深樹的胸部壓到了他的手。雖然雪莉也黏了過來，但畢竟是平得快凹進去的飛機場，他完全沒感覺。

兩位比基尼女郎識相的放開手，鬆了口氣的路卡差點腿軟沉到水裡。

「那、那就先練習怎麼浮起來好了，這個應該沒問題吧？」重整心情，他做了個示範，「像這樣吸口氣，潛到水裡，然後腳離地。」他潛了下去，腳縮起來，身體馬上浮在水中。

這個基本動作未免也太簡單，只要不是死人都能浮起來。不對，死人當然也能浮起來。路卡重新站回地面，抹掉臉上的海水，「這樣可以吧？」

「好——我當第一！我第一！」荻深樹自告奮勇舉高手，大力吸一口氣，躍躍欲試的潛了下去。

「人家當第二個！」雪莉也有模有樣的潛到海面下，不過由於身高太矮的緣故，她稍微一蹲就下去了。

「那我也來吧？」安赫爾看著其他兩人都潛下去了，他的身高有一百八十五公分左右，於是走到比較深的地方下潛。

一瞬間，三具浮屍漂在路卡身邊，看來三個人都順利浮起來了。

而從這一刻開始，路卡的災難徹底降臨。

「你們都做得到嘛，真的是旱鴨子嗎？」還一副熟練到不行的樣子……路卡看著身旁的三個人，真正的旱鴨子哪有可能輕輕鬆鬆就漂起來，而且還鎮靜成這樣，「好了，快起來吧。」

三個人依然浮在水中，只露出背部來。

「喂，沒聽見嗎？起來了啦。」

三個身影繼續漂著，還是沒人理他。

突然「刷」一聲，原本安好漂浮在海面上的荻深樹居然毫無預警沉了下去，揚起一小片水花。

「嗚哇！荻、荻深樹？」一看見有人冷不防消失在海面上，路卡抽了口氣，「該不會是抽筋還是溺水了吧？喂！喂！」

接著是雪莉，她也像是被水鬼抓住腳一樣沉到水裡去，個子特別嬌小的她一潛就是徹底消失在海面上，連個陰影也看不見。

「雪莉！等等，妳們到底——」是抽筋還是要我……

路卡話還沒說完，安赫爾居然也隨著前面兩人像是被扯到海底裡，他練習的地方比較深，一眨眼就看不見身影。

「啊啊啊，你們到底是怎樣啦！」嚇到快哭出來的路卡一時間動彈不得，任由細微的波浪拍打身體，「荻深樹！雪莉！局長！快點回話啊！」

莫非是尼斯湖水怪睽違千年再現嗎？還是白火曾經說過的東方農曆七月水鬼抓交替？別開玩笑了，這裡可是人造海洋耶！全部都溺水了，他該先救誰才好？荻深樹雖然平常整他整個半死，但畢竟是讓他加入管理局的契機啊，就這樣讓她放水流他也會良心不安，何況他其實也不是那麼討厭她……

雪莉呢？她長得這麼小隻會不會馬上被浪捲走？雖然是個恐怖的雙重人格，還老是差別待遇，但如果她有什麼萬一，暮雨會不會直接把他宰了啊！

還是說要先救局長？如果局長溺死在自家別墅的私人海灘，傳出去還能聽嗎？重點是要是局長出事了，管理局該怎麼辦？

「我、我到底該先救誰……」眼看著三個人始終沒有浮上來的跡象，海面上連個氣泡也沒有，深刻面臨兩難的路卡差點也要失去重心沉到海裡了。

這完全是女朋友和媽媽掉到海裡你會先救誰的翻版，路卡當然不會說出什麼「叫女朋友去救媽媽」這種狗屁答案。早知道他就別來什麼海邊別墅了，這一度假會不會就直接和這三個傢伙天人永隔啊？

「啊啊……荻深樹，妳忍耐一下！我現在就過去！」沒時間了，他情急之下喊出通訊官的名字，吸口氣正要去救人時——

「——肉已經烤好囉，大家先休息一下吧？」

沙灘上的艾米爾悠悠哉哉走了過來，手上還拿著兩串烤肉串。他一看見海上少了三個人，只剩下快要崩潰的路卡，不免歪歪頭，「路卡先生，大家人呢？」

「艾米爾，現在不是吃烤肉的時候，快點幫幫我！他們、局長他們——」路卡簡直快哭了，要是溺水什麼的還有可能浮上來，但這三個傢伙連身體都沒有浮上來是怎樣！超級恐怖，是不小心在海裡吞了鉛塊沉下去了嗎！

「局長他們？」

「局長他們溺水了啦！快點過來救人，我一個人沒辦法啊！」

「溺水？你說他們三個？」艾米爾思忖了三秒左右。

荻深樹和雪莉姑且不提，他記得安赫爾有救生員執照，之前還在什麼游泳比賽奪得冠軍，那種人會溺水？

於是艾米爾用更大的音量喊：「肉已經烤好了，大家快點上岸休息，最後一個來的要洗盤子喔！」

「艾米爾，都說是溺水了，你到底是想——」驚慌失措的路卡話還沒說完，奇蹟發生了。

「——什麼，肉！」

「人家要牛肉串不加蔥！」

「我不要洗盤子——！」

溺水的三個人以驚人的速度探出水面，衝力大得濺起噴泉似的水花，活像是水怪現世，而且還是一次三隻。

荻深樹、雪莉、安赫爾不約而同望向岸上的艾米爾，臉上和髮上的海水還來不及甩掉，就是惡狠狠一瞪，「可惡，艾米爾你這傢伙，現在正精采耶！」

「抱歉，我沒想到各位在玩這麼有趣的遊戲。」早就看穿這種戲碼的艾米爾柔柔一笑，「怎麼不早點告訴我呢？這樣就能算我一份了。」

「再多你一個，路卡小弟絕對會崩潰的啊——對不對，深樹妹妹？」

「對啊對啊，一次四條命耶，他哪知道要先救哪個？雖然他剛剛是選擇了我啦，欸嘿嘿嘿嘿。」

「哇，平常還一副討厭荻通訊官的樣子——這就是所謂的欲拒還迎嗎❤」

原本溺水的三個人相互使了個眼色，露出狐狸般的狡詐笑容，其中荻深樹笑得更是整個人都快翻了過來，還一邊大叫：「我贏啦！我贏得了路卡小夥伴的心！哈哈哈！」

路卡眨眨眼，眨眨眼，再眨眨眼，眨到眼睛都快脫窗了，還是無法反應過來。

「到、到底是怎樣！耍我的？！」終於，回過神來的他氣得直跺腳，氣急敗壞的大吼：「喂，搞什麼鬼，你們不是溺水嗎！」

荻深樹無辜的聳聳肩，說道：「沒有啊？剛學會游泳的我只是突然看見海底有個挺漂亮的貝殼，就潛了下去。」

「人家看見荻通訊官潛下去，覺得很好奇就跟著游下去了嘛。」

「局長我也是看見前面兩位小姐有動靜，身體就不自覺——」

「夠了！夠了夠了夠了！統統給我閉嘴！我再也不會相信你們這群混蛋了！說不會

游泳也是騙人的吧？可惡，居然開這種玩笑，你們知道我剛剛有多緊張嗎？要是真的出人命怎麼辦！」

「唉唷，對不起嘛——」

「你很愛生氣耶——」

「閉嘴，囉嗦，住口，我才不想聽這種一點誠意也沒有的鬼道歉！」

看來路卡是真的氣壞了，他扭過怒氣飆升的娃娃臉，氣沖沖走上岸。

想不到腳底板才剛踩上乾沙子，他下巴就差點掉下來。

「路卡，怎麼啦？一臉不高興的樣子，才剛下水就要回別墅去啦？」在別墅裡待上好一段時間的芙蕾終於走了出來，撥了撥放下來的淺褐色捲髮。

「呃、啊、嗚、那那那那——」路卡瞪著前方，結結巴巴說不出話。

「路卡？」芙蕾順著他的眼神往後方一看，不懷好意笑了幾聲，「哦——你是在看那個啊。」

路卡注意的當然不是一身兩件式比基尼的芙蕾，雖然芙蕾的身材是挺火辣沒錯，但相處久了，早就瞭解同事的個性，他也不是專程來這裡看同事的泳裝姿色——總之重點根本不是芙蕾。

暮雨從另一端走了過來，他會主動來海灘是很稀奇，稀奇到天要下紅雨，但路卡也不是注意到他，他又不是吃飽太閒，怎麼可能會去注意自家魔鬼上司。

「白、白、白白白白——」路卡指著前方大叫：「白火——？！」

「……不要叫那麼大聲。」白火縮起肩，四下沒有遮蔽物，她只好躲到暮雨身後。

暮雨不自在的甩開被她抓住的衣角，「別黏著我。」他的冷酷神情難得有些尷尬，多半也是白火變化太大讓他不知道要把視線擺哪，只好離開現場，退到旁邊去。

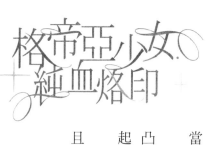

這下沒地方躲的白火只好縮頭縮尾的站在原地，明明是八月熱暑，她卻有種冷個半死的錯覺。被芙蕾強硬換上那兩塊有穿幾乎等於沒穿的布，她恨不得當場逃回別墅裡。當然，就算落跑也絕對會被抓回來。

芙蕾給她的泳衣意外合身。設計簡單大方的兩件式黑色比基尼環住她的纖瘦軀體，凸顯出腰部曲線和潔白肌膚；泳衣上頭的繩子繞過細頸打了個結，加上特別把黑長髮盤起，更顯露出她白淨無瑕的纖細後頸。

白火的個子並不高，但身材比例接近完美，平常就有訓練的修長雙腿又細又直，而且芙蕾給她的泳裝可沒有裙擺之類的作遮掩，把穠纖合度的大腿完全暴露出來。

她原本就有著水靈大眼和姣好面容，又是一頭柔順亮麗的黑髮，加上怎麼也曬不黑的細緻白皮膚，這下簡直就像是從雜誌裡走出來的模特兒。

一次也沒有穿過這種有穿等於沒穿的泳衣，白火縮緊肩膀，全身涼颼颼的，她本來想抱著鴕鳥心態蹲下去，卻被旁邊的芙蕾丟了句「隨便蹲下去會走光喔」，又嚇得立正站好。其實根本不會有走光的問題。

看見她這一百八十度大轉變，海邊的四個人也湊了過來，各個目瞪口呆。

「原來武裝科還有這種可塑之材啊？」安赫爾嘖嘖稱奇。

「白火小夥伴好漂亮，太漂亮了，以後出外勤就可以使出色誘戰術啦！」

「很適合妳，白火小姐。」

「雪莉看了好羨慕——❤」

站在白火面前的路卡就更不用說，整個人像是時間暫停似的原地不動，眼珠子都快掉出來了。

「不過就是件泳衣而已，你意外的純情啊？路卡？」芙蕾賊賊的笑了幾聲。

「少、少囉嗦！要怪就怪那傢伙，平常都不打扮才會看起來差那麼多啦！」路卡驚恐的退後好幾步，剛才溺水事件的怒氣全消了。

「又不是我願意的！」白火只有兩隻手，根本沒辦法擋住身體，乾脆捂著臉大叫。

她根本是用跳的躲到芙蕾身後，當然馬上又被抓出來，只能再向遠方的上司求助：「科長，救命……」

「關我什麼事？」暮雨看也不看她一眼，其實是不知道該把眼睛往哪擺。

「太過分了……怎麼這樣……」白火快哭了。

「果然和我想的一樣，白火，妳平常一身制服真是可惜了妳那好身材，皮膚白白嫩嫩的，又被武裝科的魔鬼訓練磨到死，根本沒有一點贅肉啊。」芙蕾就是看準這點才刻意帶比基尼來的，她拍了拍白火的大腿，「妳看這美腿，又白又亮的，腿、胸部和臉蛋這三種武器妳都有了，不露出來給人看多可惜？」

「我才不要那種武器！能好好活著就夠了，其他東西不需要！還有不要碰我，繩子掉下來怎麼辦！」

「哪會這麼容易就掉下來——」

「嘖嘖，朔月小夥伴沒來真是可惜了耶。」

「不如拍張照片給他吧❤」

「加洗個幾張說不定可以賣錢喔？然後就可以大賺一筆。艾米爾小弟，相機呢？」

「在這裡。請。」艾米爾呈上相機給局長。

「你們把我當成什麼了啊！珍奇異獸嗎！總之我要換掉，馬上換掉！不然加一件外套也好，我受不了了啦——！」

★※★◎★※★

結束午餐後，基於荻深樹大聲提議：「我們來玩沙灘排球吧！」於是大家到屋子裡拿了球網和撐架，安赫爾的海邊別墅果真應有盡有。

艾米爾正在清理特地搬來沙灘的餐桌；置身事外的暮雨則是在遮陽傘下的座位看書，說來也是，能夠把他請來海灘已經是奇蹟了，總不能奢望他還會一起參與活動。再說根本無法想像魔鬼科長打排球的樣子，白火心想，科長可能會直接用鐮刀把球砍爆。

剩下六個人，於是管理局的沙灘排球賽就變成三對三，經過協調——應該說是安赫爾和荻深樹的施壓及無理取鬧——和白火一隊的分別是雪莉和芙蕾。

安赫爾和荻深樹或許是想向剛才被溺水事件嚇到差點去收驚的路卡賠罪，破天荒的把路卡抓進了他們的隊伍裡。排球對決就變成白火、雪莉、芙蕾對上安赫爾、荻深樹、路卡的情勢。

「太不公平了，你們那裡都是高個子耶！」芙蕾一看就知道這個隊伍分配有問題，隔著球網抗議。

白火身高不到一百六，雪莉那個發育不良的小鬼就更不用提了，整個隊伍裡最高的就是芙蕾。當然，她再怎麼高也只是普通女生，還是矮了對面的娃娃臉路卡半個頭。

「討厭，你們那裡不是也有一飛沖天的雪莉小夥伴嘛——」荻深樹嘟著嘴聳肩，束在腦側的粉紅色馬尾隨之擺動，「我們這邊可是很委屈的把拖油瓶路卡帶過來了喔，就算扯平了吧？」

「誰是拖油瓶！」老是被災難二人組踩在腳下的路卡大罵。

「而且你們那裡還有殺傷力超高的白火妹妹耶，完全可以制住清純可愛的路卡小弟喔！」安赫爾也加入說服。

「不要說那種莫名其妙的鬼話！」白火隨便聽也知道安赫爾是在說雙關語，好不容易適應泳衣的她紅著臉尖叫。她原本是想穿上外套的，卻被荻深樹扯了下來，分明是以前輩的身分在對她施壓。

「不然發球權給妳們啦，來。」荻深樹把排球拋了過去，排球呈拋物線飛過球網，被距離最近的雪莉輕鬆接住。

「那雪莉就不客氣了喔，嘻嘻嘻❤」雪莉俏皮的眨了眨眼，一手抱著球、一手對遠處揮了揮，「暮雨先生，人家絕對會為您贏得勝利的！到時候一定要誇獎人家喲！」

遠處的暮雨似乎是戴了耳塞，繼續翻著書頁，瞧也不瞧這邊一眼。

吃了閉門羹的雪莉非但沒有轉換人格，還很陶醉的扭著身子，「啊，真是受不了，這種冷酷的態度最迷人了——帥死了❤」

「……」早就受夠自家上司性格的白火和路卡互看一眼，相當有默契的閉上嘴。

「那人家要開始了唷，嘿！」雪莉沒換上黑長靴，以相當標準的動作發球，「咚」一聲，排球快速俐落的橫越球網，飛到對面去。

除了芙蕾，所有人都是烙印者，不過沙灘排球應該也用不著使用什麼特殊力量來偷吃步，大家索性沒有訂下規則就開始比賽了。

「我接我接我接！」荻深樹自告奮勇衝上球前，交疊手心，把球打了回去。

她這一打，球緩慢的飛向高空，慢慢移到球網正上方。

一看就知道是殺球的好時機，雪莉馬上衝到球網前奮力一跳，她個子雖矮，跳躍力倒是挺驚人的。

「不好意思，率先拿到一分啦❤」排球與她的手掌僅有數公分距離，球網對面的守備區正巧沒人，這樣打下去絕對是毫無空隙的超猛殺球。

「啊，等等！雪莉妹妹！」安赫爾突然大叫一聲。

平時的安赫爾吊兒郎當，此時的他居然會發出那種驚慌呼喊，讓高空的雪莉愣了一下，「局長？」她下意識對上安赫爾的視線。

然後悲劇就發生了。

「什、什麼——嗚啊啊啊啊！」一對上安赫爾紅色的右眼瞳，雪莉身體猛然無法動彈，排球當然是繼續飛，打上她的臉，下一秒，她從高空摔回沙灘還滾了一圈，狼狽的呈大字形趴在地上，原本就很扁的胸部被壓得更扁，還吃了一嘴沙子。

「雪莉，妳沒事吧！」白火趕緊跑過去扶人。

隨便猜也知道是安赫爾搞的鬼，那個災難局長可是世間少有的純種烙印者，剛剛和他對上眼的雪莉絕對是被緩速了。

「安赫爾，你這樣也太卑鄙了吧！」芙蕾指著他大叫，對方的眼睛已經變回原來的寶藍色。

雪莉從沙灘上爬起來跟著大吼：「安赫爾你這個混帳東西！信不信老娘把你頭蓋骨

踢凹一個洞拿去盛海水！居然用緩速害恁祖媽從空中掉下來！」

安赫爾換回一如往常的悠散口氣，自以為幽默的扭扭身子，剛剛那副驚惶語氣果然是裝的，「抱歉抱歉，一個不注意就動真格了。哈哈哈，妳就當作是職業病吧？」

「幹！什麼狗屁職業病，就算不用緩速，手術檯上的病人也不會亂跑好嗎！可恨的老屁孩，你這他媽的〇〇〇！老娘下次趁你睡覺的時候就把你〇〇〇掉然後〇〇接著再〇〇〇〇〇！不然老娘的名字就倒過來寫！」

「好痛，耳朵好痛，這怎麼回事啦！」聽著對方轟動全場的國罵，白火苦悶的捂住耳朵，夾在耳朵後側的翻譯器居然發出了刺激耳膜的雜音。

不過沒多久她就意識到了，大概是雪莉的咒罵言語層次太高，翻譯器無法翻譯才會產生雜訊。

「雪莉妹妹，妳這樣造口業，局長好傷心哦。」

「囉嗦，少在那邊給恁祖媽裝蒜，你就死在你家沙灘裡吧——！」雪莉氣得一把搶過球，丟向空中後奮力一踢，直接把高速旋轉的排球送進對方的領地裡。

排球撞上地面後，高速轉動揚起沙塵，害路卡也吃了一嘴沙子，「呸呸呸！喂，妳這傢伙在幹嘛啦！」

更扯的是雪莉簡直把排球當足球踢，力道太大的緣故，沙灘居然被球打凹一個洞。

「哇塞，凹一個洞了耶，好厲害好厲害！路卡小夥伴，這個洞正好可以把你埋進去耶！不如我們現在試試？」荻深樹蹦蹦跳跳走了過來。

「才不要，試什麼鬼啦！」

雪莉這個報復性發球當然不算分，純粹只是洩憤。總之經過幾番轉折，發球權轉到白火身上。翻譯器已經恢復正常，她拍拍耳鳴的耳朵，撿起球。

「換我發球囉……是像，這樣嗎？」她不太會玩排球，照著芙蕾和雪莉的指示左手捧著球，用右手測量距離，打算用右手打出去。

殊不知對面的安赫爾和荻深樹互看一眼，狡詐的笑了幾聲，害被夾在中間的路卡脊椎發冷。

白火順利把球打出去，是個平穩而緩慢的發球，球越過球網飛到對面去，落到路卡面前。

「交給我吧！」路卡把球打了回去，球又呈拋物線繼續飛舞。

「白火，這個時候就是殺球！殺球！」芙蕾連忙把白火推到前面去。

「我、我知道了！」白火點點頭，殺球應該就是從高空把球打下去吧？她模仿雪莉跑到球網前攔截。

已經耍過賤招的安赫爾應該不會再來搗亂，所以她沒多想就跳起來，打算把排球打下去——

「啊，危險！白火！」荻深樹在這時大叫：「走光了啦——！」

「什、什麼！騙人——！」高空中的白火反射性用手遮住胸部大叫。

「走光？！」本來打算去攔截對方殺球的路卡也傻住，絆到自己的腳，整張臉栽進沙子裡。

用手遮住胸部的白火當然沒辦法接球，於是再次重演雪莉的慘劇，排球砸上她的臉，就像是被獵槍射下來的野鳥般摔落地上，揚起一片沙塵。

被耍了第二次已經深感麻木，芙蕾無可奈何的走過去把白火扶起來。

「你們……實在太過分了……」滿嘴沙子的白火真的差點哭出來。她刻骨銘心的感受到一路走來自己所遭受的各種暴力，言語上的肢體上的心靈上的，多到撰寫成陳情書繳交出去，相關單位一定會火速處理。

「喂——你們這兩個傢伙也太卑鄙了吧！這樣整人很好玩嗎！」同隊的路卡也火大了，他還來不及拍掉身上的沙子就破口大罵。

「說什麼啊路卡小夥伴，這才不是什麼卑鄙，應該說是戰術才對。對吧，安赫爾小夥伴──」荻深樹用手肘撞撞安赫爾的手臂。

「就是啊，知己知彼百戰百勝嘛深樹妹妹──」安赫爾相當配合的哈哈笑了幾聲。

「可惡，你們給老娘適可而止點！」雪莉抓起地上的球，再也不管上司屬下的情誼了，「刷」一聲換上烙印黑長靴，以接近殘影的速度飛上天。

她拋高排球，完全無視規則的抬高腳，來一記高速迴旋踢。

「這下看你們接不接得到！去吧，雪莉飛踢啊──！」

排球這下可說是像噴射機一樣衝向並肩在一起的安赫爾和荻深樹，兩人相當有默契的往兩邊站，閃過絕對會把臉打成肉醬的排球。

於是排球繼續向前暴衝，還沒爬起來的白火抬頭一看，「不會吧！」死定了，正好是飛向艾米爾和暮雨那裡。

正在收盤子的艾米爾完全背對著他們，他端起一疊空盤，打算轉身走進別墅裡時，幾乎可說是變成白色火球的排球就要筆直的撞上他的頭──

「哇，好危險。」這時，艾米爾突然發現堆疊的盤子歪了，晃了一下身子。球就從他的鼻尖削了過去，速度快得揚起風，吹亂他的金髮，「嗯，那是什麼？」感覺到鼻子一涼，艾米爾順著排球軌跡往旁邊看。

閃過了安赫爾、荻深樹和艾米爾，排球理所當然繼續衝刺，目標是遮陽傘下翻著書的暮雨。

「暮雨科長，危險──！」白火大叫，要是魔鬼上司被球砸臉，在場所有人絕對會被丟進烤盤裡來個十分熟啊啊啊啊！

暮雨當然也不是省油的燈，察覺到一股氣流逼近，他立刻丟開書本，右手朝前方一揮，迅雷不及掩耳，一道比夏日豔陽還眩目的閃光差點刺瞎眾人雙眼。

接著，從暮雨手上迸出的鐮刀當場把排球劈成兩半。

「……礙事。」被一刀兩斷的排球就和剖半的椰子殼沒兩樣，洩光了空氣，停止旋轉，兩張橡皮在空中亂竄，最後零零落落的掉到暮雨腳邊。

暮雨瞇起祖母綠色的眼瞳，相當公平的瞪了每個人一眼，而後重新調整他的耳塞，坐回躺椅上，繼續看他的書。

現場靜默得頓時只能聽見波浪聲，眾人面面相覷。球被暮雨砍爆，沙灘排球當然也沒得玩了。

如此這般，排球對決的勝利者是武裝科的魔鬼科長。

03 夏日夜晚的試膽活動是基本常識

黃昏時刻，夏季特有的積狀雲被夕陽染成橘紅色，整片天空燒得火紅，碧藍色的海洋像是鑽石切面般閃爍晶光。腳下的沙子此時降溫不少，中午的沙灘熱得腳底板發燙，現在正好能消退中午的暑氣。

玩得相當盡興，一行人悠閒的回到別墅。白火昂首一望，安赫爾家的別墅果真占地廣大，庭院周邊也有定期修剪的造景林，就算夕陽下視野轉紅，還是能感受到一片綠意盎然。

別墅的領地並非完全處於平地上，而是除了沙灘與建築之外，也包含有點距離的小丘陵，周圍有幾座高低不一的小山地圍繞。外圍疏於整理的緣故，放眼望去全是樹林。白火順勢把視線調遠，發現別墅不遠處的一座小山上，似乎有著一塊米色建築物藏匿在森林中。

「安赫爾，那也是你們家的房子嗎？」白火指著遠方的米色建築問道。

其他人都走遠了，只剩下她和安赫爾悠哉的漫步在路上。

安赫爾順著她指的方向一看，「喔，不是啦，那個是以前就在那裡的房子。」

「以前？」

「嗯，在我們家買下這棟別墅之前就存在的房子，應該是別的地主的東西吧，不過已經廢棄很久了，我也不清楚是幹嘛的。荒廢很久也沒人去管，又是蓋在深山裡，不拆掉也沒關係，不會妨礙到人嘛。」

「荒廢很久了啊……荻通訊官知道這件事嗎？」白火喃喃一句，那座建築物遠遠望過去占地挺大的，現在看起來還好，晚上說不定挺陰森的。

「怎麼突然這麼問？」

「感覺要是她知道那裡是廢屋，絕對會把大家抓到裡面去試膽什麼的……」尤其是路卡，她十之八九會把路卡丟進房子裡讓他自生自滅。

「放心啦，不會的。」

「這樣啊。」

「因為前幾年已經去過了嘛，哈哈哈！」

「……」

「裡面根本破破爛爛的，有些地方的天花板還掉下來，烏漆抹黑的根本什麼都看不到……啊。」

「怎麼了，安赫爾？」

安赫爾托腮一想，停頓了幾秒後才搖搖頭，「不，沒事，突然想到了什麼。」

見他那副思忖的模樣，白火也不打算追問，反正多半不是什麼要緊事。

之後，大家回到別墅裡，沖洗掉身上的海水和沙子，整理一下儀容後就來到餐廳享用晚餐。雖說是有錢人家的少爺，不過並沒有僕人在他們用餐的時候服侍，白火覺得這點相當自在。

晚餐後就是真正的自由活動時間，說是這麼說，大家當然也是回到自己房間休息。接下來的行程大概都是倒頭就睡，先前一個月拚死拚活工作，早上在車上補的眠還是稍嫌不足。

白火原本是這麼想的，沒想到一回到房間，同房的女生就開始七嘴八舌聊起天來。她沒參加過學校的畢業旅行，不過這應該就是所謂的「Girl's talk」吧，雖然年齡層差距有點大。加上有荻深樹在，這個談心時間多半不會太正經，說不定等等還會變成什麼毛骨悚然撞鬼經驗出外景版。

也好，參與這種對談也挺新鮮的，於是白火也加入了女生們的小圈圈中。

「今天的暮雨先生真是超——帥的！人家都快融化了！」換上粉紅色小可愛的雪莉抱著枕頭，一回想起下午的時光，她就陶醉的在床上打滾，「就那樣咻咻咻的把球砍飛了喔！人家好崇拜暮雨先生！」

「崇拜什麼，那球也是妳踢出去的吧？沒出人命就該偷笑了。」芙蕾白了她一眼，從冰箱裡拿了一罐氣泡酒打開，「多虧妳那一踢，排球什麼的也不用玩了啦。」

「暮雨先生就算是生氣的樣子也好帥——❤」

「說到這個，路卡小夥伴真是被整得超慘的啦，欸嘿嘿嘿嘿！不然我們明天再玩一次同樣的把戲，只是這次把白火小夥伴丟下去怎樣？」荻深樹也開了罐酒，塞到雪莉的面前。

「人家還未成年啦！」雪莉抗議。

「有什麼關係，喝嘛喝嘛喝嘛——來，白火小夥伴也喝呀！」

「不，不用了。還有妳們要整我的話，可以不要當著我的面說嗎？」看來不是什麼有建設性的話題，還是早早睡覺吧，白火心想。

「妳別想溜！」芙蕾早就猜到她想落跑，及時把白火抓了回來，「對了，難得聚在一起，我們來聊聊當初為什麼會加入管理局吧？」

「人家先說、人家先說！」雪莉自告奮勇當第一棒，她一邊扭著身體，一邊開始回想：「那是因為有一天呀，人家路過管理局門口，正好和暮雨先生擦身而過，他幫我撿起我掉下來的手帕。看到那個英俊挺拔的身姿，還有孤高冰冷的眼神，那副模樣和武裝科的戰鬥服簡直是絕配呀❤而且又這麼溫柔！當下雪莉的心就被徹底奪走了！然後就、然後就——」

「好吧，我不應該問妳的。荻通訊官呢？」芙蕾立刻換人。

「喂，問了就給老娘聽完啊！妳這臉皮鬆垮人老珠黃的鑑識科老太婆！妳是在嫉妒老娘的美貌嗎！啊——？」

「唔，我嗎？」荻深樹戳戳臉頰，「其實也沒什麼大不了的啦——就當初去參加公家機關考試，主考官嫌我怪裡怪氣的找我麻煩，結果最後以筆試滿分、面試零分的成績被刷掉，當下我就發誓『總有一天要玩死你們這些浪費公帑的走狗們』，所以就加入管理局啦。」她豎起大拇指：「成果還不錯，還真是來對了，這裡超好玩啊！欸嘿嘿嘿。」

「……挺厲害的呢，從各方面來講。」白火無言的別過臉，這理由果然很符合荻深樹，「芙蕾呢？」

「我想想，當初從學校畢業，發現管理局鑑識科正好缺人，就去參加考試了。本來想說被刷掉就算了，沒想到陰錯陽差的來啦。」

「比起其他兩個人，這個理由算挺正常的呢。」看來成為管理局局員前還要經過許多繁複的考試，白火開始覺得走後門的自己有些慚愧。

「是不錯啦，但沒想到是一條忙到死的不歸路……白火呢？我到現在還不知道妳是為什麼加入武裝科的耶？」前陣子忙工作忙到差點翻過去，芙蕾只知道白火被送進武裝科這件事而已，沒有問詳情。

白火想到這事就有氣，指著荻深樹大叫：「還不是因為她！」

「欸嘿嘿嘿嘿！妳用這麼熱切的眼神看我我會害羞啦——」

「不會吧，荻通訊官，妳又和安赫爾聯手拐人了？」

「才沒有，我當時只是請白火小夥伴幫我搬搬東西而已呀，是她自己敵不過暮雨小夥伴的魅力才加入武裝科的。大家都是充滿擔當的社會人了，自己的問題怎麼可以怪到我頭上——」荻深樹自以為可愛的嘟嘟嘴。

「不要扭曲事實！」白火氣到只差沒拿枕頭砸她。

「敵不過暮雨先生的魅力……莫非是覬覦人家的暮雨先生？白火妳好大的膽子！」

「就說了不是，我沒事覬覦把我丟到競技場餵獅子的人做什麼啦！那個魔鬼！」

唯恐天下不亂的荻深樹繼續爆料：「嘖嘖嘖，妳上次不是才和暮雨小夥伴被關進牢裡，親熱的時候被我抓包嘛——」

「什麼？親熱？！白火妳竟敢、妳竟敢——老娘絕對饒不了妳！給我站在原地不准動，我要把妳踢到天邊遠！」

「荻通訊官，不要火上加油！妳們到底是想怎樣！」

就在戰爭一觸即發時，白火放在床頭櫃的手機突然響了，「暫停——停停停停！冷靜下來啦！」她閃過雪莉的剪刀腳，趁對方夾住她扔過去的枕頭時，連滾帶爬的逃到床頭櫃旁接手機。

這天外飛來一筆的手機鈴聲簡直是救星，她通訊錄裡也沒幾個人好聯絡，全都是管理局的局員，她看了一下來電顯示。

「誰打來的？」

「安赫爾。」

「他直接過來就好啦，沒事打電話做什麼——」

「應該是料到這裡正在大戰，不想被波及吧……」白火看了眼雪莉，後者已經停止攻擊了。

雪莉瞪了她一眼，「快接啦！鈴聲響太久吵死人了！」

接觸過一段時間，白火也適應公元三千年的高科技電子產品了。手機和她那個時代的智慧型手機性能差不多，只是體積更小、更方便，隨時都可以開啟類似視訊的模式，電話另一頭的影像就會像管理局通訊器那樣，從手機上投射出大螢幕來。

不過現在可是女生的閨房密談時間，大家穿的都是睡衣，這種丟臉到死的景象當然不能讓人看見。

她按下通話鍵，「安赫爾？」

「白火妹妹，妳現在有空嗎？」

「嗯，怎麼了？」

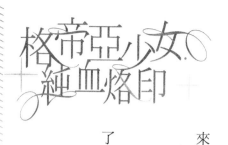

「出來一下，待會帶妳去一個地方，我在別墅後院等妳。對了，記得穿長袖長褲過來，就這樣，等妳過來喔，掰啦！」

「等、等等，安赫爾，你到底是──」

「喀」一聲，安赫爾掛了電話。白火只好一臉茫然的盯著手機螢幕。

「什麼都沒交代，是要去哪裡啊？」她皺起眉頭低喃，有股很不好的預感，她偷瞄了荻深樹一眼，沒什麼可疑的地方，應該不是管理局颱風二人組耍的詭計。

所以到底要去哪裡？要把她抓去賣掉嗎？純種烙印者果然很值錢？

「白火小夥伴，怎麼了呀？」荻深樹發現自己被偷瞥了一眼，困惑的歪歪頭。

「沒什麼，我出去一下。不用管我，妳們先睡吧。」她猜想局長把她叫出去可能是挺嚴重的事，不是正經的嚴重就是惡劣的嚴重，不去的話對方可能會直接殺來房間。還是趁局長來抓人前乖乖照辦比較好，白火換上外出服。害怕曬黑的緣故，她帶的衣物正好是長褲和薄外套，正好符合長袖和長褲的條件，不過安赫爾為什麼要特別要求這個？

隨便抓了手機和錢包，白火離開了房間。

「啊，這裡這裡──」

來到別墅一樓的後院，白火馬上看見安赫爾正坐在後院的涼亭木椅上，笑著向她揮揮手。

到了夜晚，一樓走廊只留下幾盞燈，後院也只有門口有光源，但還是能清楚看見安赫爾那頭辨識度極高的銀白色中長髮。他和白火一樣，也換上休閒的長袖、長褲衣物，銀色中長髮率性的綁成馬尾晃在腦後。

「怎麼了嗎，安赫爾？」白火踩下木階梯，走向小涼亭。

滿天星斗高掛，聽得見蟲鳴鳥叫，不時還有涼風拂過臉頰，溫度宜人。她認為這樣凝望著夜空挺有意境，但是特地被叫出來，應該不是純粹叫她欣賞夜景的吧。

安赫爾從椅子上站起來，劈頭就是一句：「好了，走吧！」

「走去哪？」

「當然是——那裡！」安赫爾隨手一指。

白火順著他指的方向看過去，視野一片黑，她瞇起眼才看清楚——安赫爾指著的是對面那座山上的米白色建築，就是黃昏時她問的那棟廢棄房屋。

「沒事去那裡做什麼？以前不是試膽過了嗎？」她覺得以安赫爾的性格，突如其來要去那種鬼地方闖關也不是不可能。

「我想確認一些東西嘛——但是只有一個人去未免也太孤單了，所以就找上白火妹妹妳啦。」

她有預感這件事絕對有鬼，「……你可以找其他人吧。」

「唉唷，妳仔細聽我分析嘛。暮雨阿弟仔和艾米爾小弟絕對不會跟我去；路卡小弟可能在路上走到一半就嚇得翹辮子了，善後起來有夠麻煩；帶雪莉妹妹去的話，那畫面又像是誘拐犯一樣，傳出去能聽嗎？」

「還有芙蕾和荻通訊官吧？」

「那怎麼可以，她們都是女孩子耶，要是出事了怎麼辦？」

「……」同樣身為女孩子的白火感受到相當嚴重的性別歧視。

「白火妹妹不一樣啦，隨便一下就能把整座山燒了，局長我還需要妳保護咧。」安赫爾拿起木桌上的手電筒，把其中一個交給白火，「小心點，山路很黑喲——」

白火接過手電筒，雖然她覺得根本用不到，手上的銀色火焰就夠亮了。

「還是帶著它吧，一直使用烙印力量，身體會負荷不住的。」安赫爾猜到她在想什麼，如此建議。

然後他就這樣自顧自的走了，某方面和暮雨那我行我素的性格完全一樣。白火找不到拒絕的理由，加上對方又是本次旅遊的別墅主人，只好硬著頭皮乖乖跟上去。

★※★◎★※★

別墅後院有條小徑，白火隨著安赫爾走向那條兩旁野草蔓生的荒廢道路。她多少還是有點迷信，害怕用手電筒亂照會照到不乾不淨的東西，於是乖乖將光源朝下，照著腳邊道路，緩慢而鎮靜的向前走。

沿路上道路顛簸，荒僻許久的緣故，幾乎看不見明顯路徑，許多路程都是得硬跳過去，或是爬上落差大的階梯。白火這時總算清楚為什麼安赫爾叫她換上長袖長褲，兩旁野草滋蔓，鋒利得能割傷皮膚，何況還有夏日的蟲子藏在草堆裡，加上又要爬山，輕而易舉都能撞出一堆擦傷來。

作為私人別墅領地，就算是荒郊野外，多少還是能看見原本道路開闢的模樣。白火看著前方的安赫爾時不時彎到草叢裡，穿梭在樹林中，應該是在抄捷徑。她害怕跟丟，又覺得夜晚的森林怪可怕的，趕緊加快腳步跑到他身旁。

「安赫爾，你知道路嗎？」白火不安的問。

「勉強記得啦，小時候愛亂跑，常常跑來山裡玩。」

白火突然想起早上和暮雨的對話，別看安赫爾現在這副模樣，他小時候可是不折不扣的野孩子，三不五時就抓著暮雨四處跑。

「話說回來呀——」安赫爾像是想緩和這種陰森氣氛，開了另一個話題：「妳最近和我們家暮雨阿弟仔處得挺不錯的嘛？」

「什麼意思？」

安赫爾指指自己的頸子，白火才意識到他是在說她脖子上的項鍊。

「你說這個啊……和科長沒關係，這是我的東西。」白火察覺到局長的八卦雷達開始啟動了，她在猶豫要不要乖乖說出來。

講出來後說不定可以請他協助調查，但可能又會惹暮雨不高興，實在相當兩難。她思考了一會兒，安赫爾發光的眼神螫得讓人發疼，她只好嘆口氣，折衷說道：「……今天和暮雨科長談了些事情，恰巧發現我們都曾經是孤兒，沒有小時候的記憶，然後身上有著這條項鍊。大致上就是這樣。」

——真的很抱歉，科長，我還是說了……

白火在心裡向暮雨道歉了無數次。雖然遲早會被安赫爾發現，只是她沒想到會這麼早。不過她並沒有將科長對家族潛藏著的憂鬱煩惱說出來，應該算勉強及格吧？

至於諾瓦爾的事情，當然她也是隻字未提，若講出來，她說不定會被當成反管理局嫌疑犯丟出去。且不只是她，暮雨可能也會受到波及。

「哇塞，暮雨把以前的事情也告訴妳了？」

「可能是因為我們的處境很相似吧。」

「唔——也對，是挺像的啦。」

「……嗯？什麼意思？」白火凝視著照常嘻皮笑臉的安赫爾，她本來就沒奢望過這種不正經的傢伙聽了真相會有多震驚，不過這反應未免也沒趣了點，簡直和平常沒什麼兩樣。

昏暗視野裡，安赫爾照舊保持著燦爛的笑臉，說了這句話：「喔，因為你們都是時空迷子啊。」

「什麼？」白火差點被自己絆倒，「你說科長是迷子？！」

「怎麼，他沒跟妳說啊？明明講了這麼多，最重要的居然故意跳過，那個死愛面子的小鬼頭。」

這顆震撼彈把白火炸到心臟差點掉出來，她開始回憶起當初來到公元三千年的種種懵懂體驗：超現實的視覺衝擊排山倒海而來、在管理局裡醜態百出、甚至還因為躁動而被轟了一槍……這種光是回想就丟臉到想找洞鑽的往事，莫非科長也身歷其境過嗎？

這實在太令人難過了，各種方面都是，白火只差沒掩住臉啜泣。

「這到底是怎麼回事？暮雨科長是……迷子？」她以為只是一般孤兒啊。

「雖然不太懂妳腦袋正在幻想什麼……不過大概不是妳想的那樣，我家阿弟仔是有在注重形象的。」在手電筒光芒下，安赫爾這時的神情終於改變了，用著有些慈祥外加包容……總之就是長輩關愛幼兒的複雜眼神瞅了她一眼，「那孩子的原生年代不清楚，不過好像是從未來過來的。」

「迷子就算了，還是未來人？！」

震驚歸震驚，白火仍然有種鬆口氣的僥倖。太好了，這下至少可以完全排除科長成為迷子來到公元三千年時形象全毀的慘況。

「嗯，當初他的身體有穿越時空裂縫的反應，只是相當微量，無法辨明是從哪個年代來的，甚至連他本人一度也不曉得自己是迷子。由於無法辨別年代，又經過了很長一段時間，當然沒辦法把他送回去——當初收容機關的人是這麼說的啦，實際上是怎樣我也不太清楚。」

白火自然知曉管理局對時空迷子的規矩。來自未來的時空迷子為數不多，身為握有未來時代關聯知識與記憶的未來人，任何微乎其微的言行舉止都有可能形成改變未來走向的因素。因此，針對來自未來的迷子，基本上都嚴禁對方透露出有關未來的局勢與情報，甚至會加強管控，直到把對方送回原本的時空。

無法回歸原本時空的未來迷子，下場就不用說了，因為時空裂縫影響而產生記憶障礙的個案先不提，若是試圖扭轉未來，可是會引起諸多麻煩。對這些未來迷子的後續處理，到目前為止也極具爭議性。

暮雨是來自未來的迷子，但是沒有相關記憶，所以才能以正常人的身分繼續在這裡生活。想到這，白火心一沉，無法判斷這到底是好是壞。

暮雨沒有告訴她這件事，一定也有他的理由。她沒有道理去揭穿他人的傷疤。即便如此，她還是震驚得難以平復心情，原來彼此竟然有這麼多相似點……

「暮雨表面上裝作不在乎，其實很在意自己的過去喔。雖說是家族的命令，但他就是為了查清楚自己的身世才同意投入管理局的，我覺得挺有趣也跟了過來，然後就變成現在這樣啦，輕浮局長和魔鬼科長的奇怪組合。」

「因為是迷子，所以才想到管理局賭一把嗎？」

「大概吧。不過目前為止沒什麼進展就是，時間一久，他也有點放棄了。」

說到這裡，安赫爾似乎輕柔一笑。四周只有手電筒和月亮的光芒，白火勉強只能從他的語調中判斷出他現在的神情。

「雖然這樣講有點奇怪，不過白火妹妹能來到這裡，對我家阿弟仔而言說不定是種契機呢。」

「契機？」

「嗯，因為有個和他相同處境的人，這樣就有動力繼續調查下去了嘛。」

白火沉默了一會兒，稍稍壓低聲音，「我和科長約定了，在找到自己的過去之前，我不會回去……說是這麼說，其實搞不好一輩子也回不去。總之，我一定要解開這個身世之謎不可。」

「很不錯喔，繼續保持這股氣勢。」從手電筒的薄弱光芒中，可以看見安赫爾俏皮的眨了眨眼，「我也對你們兩個人的關聯性很有興趣，放心吧，暮雨說什麼也是我家的小鬼，我絕對會協助你們的啦。」

「謝謝你，安赫爾。」

「啊，剛剛這些閒聊就別告訴暮雨老弟和雪莉妹妹吧，這可是超高機密。」

「我知道，會被雪莉的嫉妒心踹掉半條命對吧。」

「沒錯沒錯，然後剩下的半條命就會被臉皮超薄的暮雨老弟砍斷，妳和我都不用活了，哈哈哈！」

說著說著，腳下的山坡地漸漸變得平緩，白火把手電筒光源往前照一些，正好能看到三層樓高左右的廢棄建築隱沒在樹葉當中。

她移動一下手電筒，發現建築前門被倒塌的樹幹壓倒了，夜色阻礙視線，依稀能看見屋瓦掉了一地，四周過盛的樹木像是藤蔓般糾結在一起，包裹住房屋外圍，有些枝幹還從玻璃破碎的窗口延伸進去，往內部生長。這副盤根錯節的景觀，有點像是深海裡被水草糾纏的沉船。

「到囉。」安赫爾停下腳步，大膽的用手電筒從高處一路照下來，也不怕照到怪東西，「嗚哇，好像比以前更慘了耶，自然的力量真偉大。」

「比以前更慘？你到底是什麼時候來的啊？」

「七歲的時候，我算一下喔……嗯！不多不少正好是十九年前，妳就四捨五入算二十年吧？唉唷，歲月如梭，這樣聽起來好老。」

「都那麼久了，這房子為什麼還好好的沒垮掉？」

「公元三千年的建材相當高級，和妳老家不一樣啦。」

「不要趁機損我！」

這景象簡直就像是藏在深山裡的巫婆之屋，風一吹過就傳來樹葉摩擦的沙沙聲，三更半夜的更是恐怖一百倍，白火忍不住縮了縮身子。

「正門都壞成這樣了，也沒辦法撥開樹木闖進去……從側門吧？」七歲就開始闖人家空門的安赫爾指了指廢棄洋房的另一面牆，好險沒有被樹木堵死。

白火很清楚，如果被樹幹擋到去路的話，安赫爾十之八九會叫她燒掉，然後一不小心就會引起森林大火。她匆匆趕上安赫爾的腳步，鑽到樹林間的隙縫中，移動到廢棄洋房另一面的側門。

側門沒有大礙，門扇是鐵製的，長時間下來別說是生鏽斑駁，門框間甚至還長滿了青苔。

「退後一點喔。」安赫爾示意白火讓開，然後一腳踹開鐵門，老舊門樞馬上鬆脫，鐵門輕而易舉的就被他踹到房屋內，「好啦，進去吧。」

「……經過二十年，闖空門的方式從潛入變成正面突破了。」這也算一種進步吧，白火說服自己。她重新踩上充滿破洞坑疤的木製階梯，「話說回來，安赫爾，你到底要給我看什麼？」

「唔，我也說不上來耶，因為我自己也沒見過。」

「什麼意思？」

「總之，這棟屋子裡面有間地下室，就先去那裡吧。」

安赫爾踩過踢壞的鐵門，試探性的用手電筒照照內部，裡面像是被颱風掃到又經歷過地震似的，家具東倒西歪，果真一團亂。四周還堆著不少水泥塊山丘和油漆破片，地上的塵土厚重得輕輕一踩就會留下鞋印足跡。

他再抬頭一望，天花板破了個大洞，透過裸露的鋼筋方格甚至可以直接從一樓看到三樓屋頂，牆上的窗口正好能瞥見突破玻璃伸入的綠葉枝幹，它攀附到洋房裡，遮蔽了窗外灑入的月光。

「非常好，沒怪東西。」安赫爾向後比了個ＯＫ的手勢，逕自走了進去。

白火實在搞不懂這位大膽局長對於「怪東西」的定義究竟為何，她也用手電筒照了室內一圈，確定真的沒大礙才敢乖乖跟上去。

安赫爾繼續走到破洞的天花板下方，大概是想直接從那片水泥塊山丘爬過去。他本來想把手電筒放到大衣口袋的，赫然想起現在穿的不是醫療科白袍，只好將就一下用嘴巴銜住，手掌貼住傾斜在水泥塊旁的大型木櫃，一翻身踩上櫃子，試探性踏了幾下。

很好，不會垮。他彎下身來朝白火伸手，一併把白火拉上來，兩人再一起跳到水泥堆另一端的地面去。

穿過阻礙最大的破洞天花板後，踩著滿地塵土，總算來到房間內部的樓梯口。安赫爾想去的地方是地下室，他毫不思索走下樓梯。白火一邊扶著積滿灰塵的扶手，緩緩跟在他身後。

一邊走著階梯，安赫爾一邊說出目的，「我想想喔，以前啊——差不多是七歲的事情吧，我一個人偷偷溜來這裡玩，那時候這屋子已經是廢棄狀態，到處破破爛爛的，不過沒現在這麼慘啦。小孩子不都很喜歡秘密基地、探險什麼的嗎？我就跑遍整間屋子，還在裡面蹦蹦跳跳的。」

「天花板那個洞該不會就是你跳出來的吧？」

「我不確定耶，因為我當初確實是在二樓用力跳了好多下。」

「……」到底是多大的噸位啊……

「總而言之啦，當我來到通往地下室的樓梯時——」安赫爾突然停下腳步，湊近白火耳旁，用耳語的音量說：「我從裡面聽見了聲音喔。」

「聲、聲音？」白火身體一僵，基於階梯高度的原因，手電筒差點打到安赫爾的後腦杓，「真的假的啊？」

「嗯，不用怕，是人在講話的聲音，只是隔了一點距離，聽不清楚在講什麼。那時候我以為是附近的大人，要是被發現絕對會被大罵一頓，所以就跑了。」

他繞過樓梯間，繼續往下走。由於地勢低下隱密的緣故，通往地下室的樓梯間反而沒有破損得像外頭那麼嚴重，不過仍是滿地髒汙。

「過了一段時間之後，我又繞回來這裡，才發現地下室的門根本打不開，應該是長年以來擠壓變形之類的吧，反正就是怎樣都沒有動靜。之後不管過了多久，我還是很好奇——裡面到底有什麼啊？這裡根本是廢墟耶，怎麼會有人跑來這裡鬼混？」

「這應該問你自己吧！」

「我不一樣啦，那時候我還是小孩子耶，裡面的聲音怎麼聽都是大人。」

已經來到地下室門前。白火透過手電筒光線一看，兩扇對開的厚鐵門出現在眼前，應該就是安赫爾小時候打不開的那扇門，門把上沒有任何鎖鍊或鎖頭。

「所、以、啦！白火妹妹，接下來就是妳的表演時間了！」安赫爾笑嘻嘻的跳到她面前，拍了幾下鐵門，「來，乖乖替局長把這扇門燒掉。」

「什麼？等等，這樣不好吧，雖然是廢屋，但好歹也是別人家——」

「妳上次不也隨隨便便就把人家的基地門燒了嗎？唉唷，這種偷雞摸狗的事情做幾次就免疫了啦，用不著害怕，妳不說、我不說，又有誰知道？」

「要是裡面真的有怪東西怎麼辦！這裡可是廢棄好幾十年了耶，而且外觀和鬼屋沒兩樣！」

「妳是被路卡小弟傳染了嗎？膽小症候群之類的，那沒藥醫耶？」

「才不是，正常人都會這麼想好嗎！」

「嘖，真是個麻煩的傢伙。那不然這樣好了，等等門燒開後我先進去看，看見什麼鬼東西就直接把它緩速掉，妳再趁機把對方燒成灰，這樣行了吧？」

「……要是那鬼東西沒有眼睛呢？」像是在沙漠基地遇上的那種黑黑糊糊的影子，雖然白火猜想經過了幾十年，那些怕黑的影子怪應該都已經死透了才對。

「那就更好了啊，卡在門洞的局長幫妳擋住，妳趁這時快溜。怎樣，我很有紳士風度吧？」

「……我知道了、我知道了啦，之後發生什麼事我可不管喔。」

「嗯，要不要先確認一下落跑動線？」

「用不著，借過一下。」

等到安赫爾退開後，白火用手電筒大概照了照鐵門，再次確認大小，從兩扇門中間燒出一個成人足以通過的洞就好了吧。

她左手凝聚出白色火焰，貼上兩扇鐵門門把之間，登時，火團蔓延了大半面積，形成一片銀白色的圓形火勢。

「話說回來，白火妹妹的名字還真有趣耶？這是什麼純種烙印力量的雙關語嗎？」

安赫爾在旁邊看著她手上那團銀白色火簇。

白火瞪了他一眼，在火光聚集下，四周的亮度增加，她的白眼格外分明，「我想只是純粹的巧合吧。」雖然她也覺得這巧合挺神奇的。

「那局長我也換個名字吧，我想想，和右眼有關的——」

「梅杜莎。」

「真是過分，我又不會把人變成石頭。」

鐵門看來是特殊材質，過了一會兒才燒出個洞。白火收起烙印力量，指指眼前的黑色窟窿，裡面黑壓壓的什麼也看不見，她也沒有那種勇氣探頭進去當先鋒。

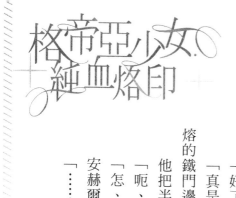

「好了。」

「真是萬分感謝，我看看喔。」安赫爾相當有義氣的走到黑洞面前，他先摸摸被燒熔的鐵門邊緣，看來熱度隨著白火收起火焰時就消失了，不會有被烤熟的危險。

他把半截身子潛到黑洞的另一頭去，用手電筒照了照，然後——

「呃、呃啊啊啊啊啊啊——！」

「怎、怎麼了？安赫爾！發生什麼事了！」

安赫爾縮回身子，「其實也沒什麼啦，想說叫一下比較應景，哈哈哈。」

「……」白火開始認真考慮要不要從後面搞偷襲，直接把這該死的局長拿來填滿被她燒熔的鐵門大洞。

安赫爾相當仔細的用手電筒繼續檢查內部，天花板到地板角落都不放過，「嗯，上下左右統統安全，好像是什麼書房的樣子，進去吧。」他兩隻腳跨過洞口，大膽的走到地下室房間裡。

「書房？沒事把書房蓋在地下室做什麼啊？」白火一臉狐疑，既然局長沒看到怪東西，應該也安全了，她也跟著探進去。鑽進鐵門另一端的書房後，她再次打開手電筒，好增強周圍的亮度。

房間內的擺設相當普通，一般閱讀用的桌椅、茶几，還有數個木製書櫃。這裡也和洋房一樓同樣呈現半毀狀態，剝落的油漆塵灰散落一地，天花板上的吊燈掉到地上，燈泡與玻璃碎片橫飛。幸虧書櫃沒倒，依舊安然的豎立在牆壁旁，只有幾本書掉了下來。

「安赫爾，你說你就是聽到這房間裡有人在說話？」白火又轉動一下手電筒，這裡根本什麼也沒有。

「一般人才不會閒閒沒事跑來廢棄民宅的地下室來聊天，裡面應該會有什麼東西才對，來找找看吧。」

「你為什麼能這麼篤定啊？」

「因為大哥哥我是第六感超靈驗的管理局局長。好了，白火妹妹去調查右半部吧，小心別照到怪東西哦。」

既然都來到這裡了，沒找到什麼東西就回去也挺不划算，於是兩人分別往左右兩邊開始調查。

白火撿起地上一本書，拍掉上面厚得像地毯的灰塵，翻了幾頁來看。

雖然耳朵上戴有翻譯器，但眼睛可沒有同步，上面的字她一個也看不懂。如果是英文或中文，還可以勉強摸出個大概，但這怎麼看都是俄羅斯文或德文那種似曾相識、排列組合起來卻看也看不懂的語言。

「只是普通的小說啦。」對面的安赫爾發現她在研究書本，這麼說道：「雖然現在翻譯水準發達，還是有各國語言的書籍。」

「你看得懂？」

「巧合、巧合。」

白火沒來由瞅了眼不遠處安赫爾的背影，那頭即使處於灰暗下仍舊醒目的銀髮，更加奪走了她的注意力。

她回想起之前和艾米爾閒聊時的內容。艾米爾曾說過，純種烙印者因為沒有混入其他未感染者的基因，格帝亞病毒的病徵尤其顯著，有些人的身體甚至會出現異狀，不過大多對人體無害。像安赫爾就是髮色基因受到破壞，變成顯眼的銀白色髮絲，據說他小時候和艾米爾一樣是金髮。

白火當初聽到這點也有些震驚，她自己同樣身為純種，不過除了沒影子這點外，好像也沒有其他問題，總覺得有點幸運。

「嗯？」

「怎麼了嗎？白火妹妹。」

白火調查到房間邊緣的書櫃時，手電筒的光芒隨意一晃，眼前閃過了什麼奇怪的裝置。她重新照了一次書櫃後方和牆壁之間，在那個地方竟然有一塊小小的突起物，她湊近一看，似乎是密碼鎖的面板，「安赫爾，你看看這個。」

安赫爾走了過來，看見書櫃後方那巴掌大的密碼鎖後，對白火說了一句：「果然沒錯。」他就知道這間廢棄洋房絕對藏了什麼東西。

深山裡總不可能會有這種占地大而沒人棲息的屋子，何況還是蓋在完全沒開闢的後山，想歸隱山林也不是這種方法。

「先把這邊的書櫃移開吧。」

兩人合力把擋住密碼鎖面板的書櫃移到旁邊，頓時揚起霧氣般的灰塵。在手電筒的光芒下，可以看見空氣混濁又模糊。

移開兩個大書櫃，白火才發現不只是密碼鎖，書櫃擋住的是兩扇電子門。

門縫之間當然也積滿了塵埃。電子密碼鎖顯然已經失去作用，想要進去只能使用強硬手段。

「為什麼地下書房會有這種東西啊？」

「進去看看不就知道了？拜託妳啦，白火妹妹。」

「……我知道了。」

隨便想也知道安赫爾要她直接把門燒了硬闖進去，白火無奈的走到門前，如法炮製，和剛才一樣把門燒出個洞來。電子門的材質似乎比先前的鐵門更為特殊，和剛才的對開鐵門不同，白火花了一段時間才逐漸熔化電子門。

幾乎燒出成人可以通過的空洞後，安赫爾挺有紳士風範的率先走進去試水溫。這次他沒有發出應景的尖叫，反而是——

「哇塞，賓果了。」

「怎麼了，安赫爾？」

「妳自己看看就知道啦。」

他是在賣什麼關子啊？白火不解的歪歪頭，探進電子門裡的空間。這種從大門闖到地下、又從地下闖到暗門裡的行為，讓她想起之前在沙漠軍事基地裡的種種遭遇。

所謂冥冥之中自有定數，她雖然極力避免災難，卻還是重蹈覆轍了起來。這下該不會又要出現什麼影獸之類的鬼東西吧……在發現密碼鎖面板和電子門後，她就有股相當不好的預感。這次如果又被吃掉了烙印，暮雨科長可能真的會大發飆，一氣之下把她剩下的半個烙印也丟給黑影怪吞個一乾二淨。

走進電子門裡的空間後，白火一看見安赫爾的手電筒光源所照出來的景象，整個人呆愣在原地。手電筒的光源太過薄弱，她連忙用烙印的白色火焰照亮整個空間。

白火抽了一口氣。預感成真了。

他們兩人身處的地方，正是和沙漠軍事基地內部相同的——影獸實驗室。

★※★◎★※★

基於沒有特別計畫行程的緣故，休假第二天，所有人一舉睡到了快中午才醒。

睡醒的人陸陸續續來到餐廳，作息良好的艾米爾早就在餐桌上準備好食物。明明說過可以交給傭人處理的，他還是堅持幫忙，果然是勞碌命個性。

白火頂著還沒完全張開的惺忪睡眼，拿起盤子上的吐司，咬了一小口。昨天和安赫爾發現廢棄洋房的暗藏玄機後，實驗室的影像一直在她腦裡盤旋不去，睡也睡不好。

「白火小姐，妳的臉色看起來不太好呢，身體不舒服嗎？」坐在她身旁的艾米爾憂心問道。

「沒事，只是有點沒睡好而已……」

「對了，局長到哪去了啊？」路卡這時才發現餐桌上少了兩個人。

「人家的暮雨先生也不見了——」

安赫爾那個夜貓子十之八九還在睡，但是暮雨怎麼看也不像是會睡懶覺，大概是關在房間裡處理管理局事務之類的。

「隨便啦，反正集合時間一到應該就會自己出現了。」芙蕾毫不在意這對布瑟斯兄弟究竟去了哪——原本是這麼想的，芙蕾突然想起了什麼，問了對面的白火：「白火，妳昨天晚上不是出去了嗎？那麼晚是去了哪裡？」

「……就、就是去散步。」犯睏的白火一被追問這件事，馬上清醒了，反射性縮起肩膀。

「那麼晚去散步？」

「嗯，我突然很想看看晚上的海。」

「我想起來了，昨天晚上安赫爾小夥伴不是有打電話過來嗎？那通電話又是怎麼回事呀——」荻深樹這時好死不死喚醒其他人的記憶。

被她這樣一講，昨天目睹白火和安赫爾通話的同房室友才發現事情有蹊蹺。

白火會在通話結束後離開房間，一定是被安赫爾叫出去了，而現在白火精神不濟，安赫爾則是連個人影也見不著，覺得事情相當有問題的同房女性們不約而同指著白火大叫：「不會吧，白火，莫非你們！」

「才不是！妳們在想什麼啦！」完全清醒的白火吼了回去，這些女人到底在想什麼鬼東西啊？

「原來妳喜歡那型的喔？那暮雨小夥伴該怎麼辦呀？」

「荻通訊官，妳在說什麼蠢話！」

「那安赫爾小夥伴到底去哪了啊？」

「我哪知道，不要問我！這種八卦雜誌狗仔的盤問戲碼已經夠了啦！」

完全搞不清楚狀況的艾米爾和路卡面面相覷。
「到底發生什麼事啦，艾米爾？」
「沉默是金吧。」
於是兩人決定閉上嘴乖乖看戲。照這場面，如果不識相的繼續追問的話，可能真的會被白火拿去當木炭燒。
餐後人群又各自散了。下午三點的時候，安赫爾會載大家回管理局，在這之前都是自由活動時間。
整個用餐時間，暮雨和安赫爾仍舊沒有出現，從頭到尾就只有白火一個人當箭靶持續被攻擊。明明是安赫爾把她抓出去探險的，她實在不懂自己為什麼得像個過街老鼠一樣被數落。
「安赫爾到底去哪裡了啊……」
白火也不知道自由活動時間要往哪跑，去海灘的話感覺又會被芙蕾扒光，而且一整夜沒睡的她也沒力氣玩水，只好待在房間裡整理行李。
昨天在洋房裡發現驚人事實後，她幾乎是抱著隨時都會暈眩倒地的心情和安赫爾摸索地下研究室。要是調查途中又出現上次的黑影怪，這次或許真的會一命嗚呼。她戒慎恐懼的走遍整個實驗室後，雖平安無事，卻也減了一大半陽壽。

黑暗之中無法看得仔細，但這裡的構造和軍事基地內的那間實驗室相差無幾。調查到最深處的鐵籠房間時，抵死不從的她攀住門框全力抵抗，最後還是被安赫爾拖著丟到房間裡——所幸裡頭沒有黑影怪。洋房少說也廢棄了十年以上，黑影怪應該都死透了。

四周光源暗淡，也調查不出其餘蛛絲馬跡，再說夜晚的廢棄地下室比什麼都來得陰森可怕，於是就像暮雨之前那樣，兩人拍了些關鍵照片後就離開現場。

回到別墅解散後，她就再也沒看到安赫爾。白火有股預感——他會不會是又跑回去洋房調查了？

「現在是一點……好，還有時間。」白火看了眼時鐘，還有兩小時，繞回去洋房看一下也無妨。

於是她一個人偷偷摸摸的再次來到別墅後院的小徑，循著昨天的山路，獨自前往昨晚的廢棄洋房。昨天在黑夜裡她其實看不太到路，但是洋房位於山腰明顯處，只要一直往上走就有辦法抵達目的地。

「明明是休假，怎麼搞得比加班時還累啊……」

白火一邊發牢騷，一邊埋怨沒辦法放下局長不管的自己，繼續快步爬著山路，來到昨天的廢棄洋房。

時值夏日正午，到達目的地後她也滿頭大汗，氣喘吁吁。

才剛打算繞到洋房的入口——也就是昨晚被安赫爾踢破一個大洞的側門時，白火聽見完全不屬於山林的陌生談話聲，她愣住，正打算探出樹叢的身體重新縮了回去。

「咦？」她蹲在草叢後方偷瞄了過去，看見三個行蹤可疑的男子出現在洋房前。全是沒見過的面孔。沒看見安赫爾。

怎麼，這下是地主或是洋房主人察覺到昨天的騷動，跑回來檢查房地產了嗎？白火歪頭一想，好像不太可能，這種廢墟就算被多踢出幾個洞應該也看不出來才對。況且既然將洋房擱置到雜草叢生的地步，顯然就是將此空地閒放了數十年。

那麼這些鬼鬼祟祟的人究竟是從哪冒出來的？

「如果……的情報……這裡已經……」

其中一個男人說話了，距離遠得讓白火聽不太到內容。

好奇心驅使下，她只好趴下來，冒著危險小心翼翼稍微探出點身子。她格外謹慎，雖然自己有足以自保的力量，其他三個男人也是擁有影子的平凡人，可畢竟是三對一，地點又是這種杳無人煙的山林，還是小心行事好。

「但是……為什麼……到？」

「不知……吧。」

「……快點……就只能……」

白火整個人都貼在泥土地上，趴著身子匍匐前進偷聽了，還是摸不著頭緒。

——聽不清楚，什麼東西被察覺了？

腦筋還轉不過來的她，此時看到三個男人的舉動，再怎麼笨也知道那些人要做些什麼事了。

只見三個男人分別拿著不透明的塑膠罐往廢棄洋房一角走去，打開瓶口，把裡面的液體灑在廢墟四周。

「汽、汽油？」她下意識低聲驚呼。

白火記得公元三千年已經沒有石油這樣的有限能源，人造星球地盤下有沒有石油都還是個問題，但聞到那股油臭味，她怎麼想都只能想到汽油之類的可燃液體。

他們要放火把洋房燒了？這裡是範圍不小的山林，一旦發生火災可不是兩、三下就能解決的，而且安赫爾家的別墅就在附近，重點是……

「安赫爾很有可能還在裡面……」要是局長還在裡面怎麼辦？白火看著仍在潑灑可燃液體的可疑男子們，迅速站起身，正要跨出草叢並打算出聲制止對方時——

肩膀猛然被人一抓，她整個人往後癱倒！

身體朝後方一摔，背部躺在後方的身軀上，她感覺到絕非正常人的體溫，溫度寒冷得令她直打哆嗦。

還有其他人？白火呼吸一滯，下意識要發出聲音時，連嘴巴也被摀住了。

「別去。」

白火扭頭往後一看，嚇得她寒毛直豎，把她抓回草叢的竟然是——「暮雨科長？」

「別說話，走了。」

從今早開始就不見人影的暮雨竟然出現在這裡，他跟往常一樣露出一副冷峻面容，一手遮住白火差點要放聲尖叫的嘴，另一手抓著她的肩膀往後拖，動作粗魯得完全不像是在對待女人。

「嗚、嗚……等等、科長，安赫爾他——」

「不想被發現就安靜，要離開了。」

「但是我說——」

掙扎到一半的白火閉上嘴，一來是暮雨的眼神太過可怕，二來是她聞到了燒焦味。那些可疑分子已經朝廢棄洋房放了火。由於剛才的燃料，火勢以驚人的速度蔓延，她才剛嗅到火焰竄燒可燃物質的味道，火焰萌芽而產生的熱度就刷上了臉頰。

「走了。」暮雨用力抓住她的手腕，頭也不回的往山下衝。

「您為什麼總是不聽人說話啊？」白火這時也生氣了，這個魔鬼科長為什麼老是這麼獨裁？

說是這麼說，被死抓著手腕的她甩也甩不掉暮雨的手，只能乖乖跟在後面奔跑。兩人趕在被可疑分子發現之前回到別墅後院，白火回頭一看，廢棄洋房所在的山腰處已經竄出濃濃黑煙，火勢已擴散開來，甚至蔓延到山腳和山頂。

暮雨一抵達後院，立刻不甚溫柔的甩掉她的手腕——明明一開始是他逕自抓住她的手，現在卻是那副態度，終於讓白火的怒氣攀升到無法抑制的地步。

「科長！為什麼不阻止他們？這到底是——」憤怒到語無倫次的白火也一時失去理性，走到暮雨面前揪著他的衣領質問：「安赫爾可能還在洋房裡面啊！您就這樣見死不救，他不是您的家人嗎？」

「吵死了。」

「什麼？」

「妳從哪裡聽到他還在那鬼廢墟裡的？」暮雨不耐煩的一手甩開白火掐住自己衣領的手，往別墅後院的角落一瞪，「還在那看什麼戲？出來。」

被魔鬼科長那樣狠狠一瞪，有個人影搖頭晃腦的從角落走了出來，一頭銀白色髮絲亮眼得很。

白火一看，眼珠子差點掉下來，「安赫爾？！」這傢伙沒有死在火坑裡嗎！

「哈囉，午安啊！今天有人放火燒山，空氣有點糟呢。」

「安赫爾，你跑到哪裡去了！你知不知道我以為你差點就……」

「抱歉抱歉，一個人行動比較快嘛。」

「所以我說你到底去哪裡了？」

看白火那副氣急敗壞的樣子，安赫爾就算臉皮再厚也感到愧疚了，他搔搔臉頰尷尬的看向暮雨，「她好像真的生氣了耶，這下該怎麼辦才好啊？」

暮雨當然是照慣例丟了句「干我屁事」。

「那、那個，白火妹妹，對不起啦，局長只是去辦點私事，不是什麼重要的——」

「我再問你一次，你到底去哪了？」別讓我問第四次——白火隨時都會變成紅瞳孔的眼神如是說。

生命很明顯受到威脅的局長深吸了一口氣，倒退幾步確定逃生路線後，打哈哈的回答：「局長想說應該還可以去地下實驗室那邊挖點東西，所以早上又回到了小屋那裡，重新調查了一次——」

「結果你還是過去了嘛！」

「不過妳看我現在這樣，也沒被燒到塊衣角啊……啊，順便一提，火燒山的事情我已經通知別墅裡的傭人了，他們很快就會處理，所以用不著擔心。等等應該會有直升機之類的東西來救火吧。」

「通知了傭人……你早就知道會有人放火燒山？」還有直升機又是怎麼回事！

「唔——我猜的我猜的啦！洋房的主人應該從很早以前就想拆了那棟破屋，只是旁邊又有我這個鄰居，怎樣動手都會被起疑，所以就暫時擱置在那了嘛……再說那實驗室要是被發現了絕對很難收拾善後，所以對方一定會派有眼線才對。這次廢墟大冒險多半是被察覺了，但是直接阻止他們火燒山又太大動干戈，所以我乾脆就裝作什麼收穫也沒有，然後證據也被燒光的樣子嘛！怎麼樣，這方法還不錯吧？」

「……」根本爛透了。已經什麼也不想說的白火索性閉上嘴，她清秀的臉龐寫著大大幾個字：擔心安赫爾的我果然是個大白痴。

暮雨剛剛把她拖下山真是再正確不過了，要是沒帶她走，她現在可能就因為安赫爾這個傢伙而在火場中大打出手了。為了未來世界的輕浮局長而衝鋒陷陣到火窟裡，重點是局長本人還在山腳處悠哉閒聊，怎麼想都不值得。

頭頂傳來螺旋槳盤旋的聲音，伴隨著強大風壓，強風更是把山腰傳來的焦味吹了過來。白火抬頭一看，是安赫爾剛才說的救火直升機。怒氣熄滅而呈現無力狀態的白火身體使不上力，她一臉無奈，就算整座山被燒禿也不干她的事，最好火勢蔓延把安赫爾的別墅也一起燒了。

「……真的很抱歉，科長，剛才用那種態度對您。」真相明朗後，冷靜下來的白火立刻走到暮雨面前認錯。

生氣歸生氣，犯錯了就是要謝罪。何況她剛才還揪住魔鬼科長的衣領大罵。

這下不死也只剩半條命了，會不會因為頂撞上司而被革職啊……白火突然回想起一開始暮雨把她丟到訓練場時的回憶，說不定之後會再被丟到羅馬競技場一百次當作懲罰之類的，「剛才還說了您居然見死不救什麼的……真的很抱歉，我明明很清楚科長絕對不會這麼做的。」

暮雨毫不感興趣的瞅了她一眼，臉上明顯出現了陰影。

白火原本以為他會二話不說用鐮刀把自己處理掉的，沒想到他只是相當不悅的扔了一句：「我沒事害安赫爾做什麼？」

「真的很對不起，我實在是——」

「這點程度的小火還太便宜他了。」

「……」

隨著魔鬼科長這麼回答，剩餘的一丁點愧疚感終於在白火心中消失殆盡。不愧是兄弟，思想和言論都相當絕倫，一個作壁上觀，一個冷酷無情。

總之沒被宰掉就是萬幸，白火暗自感謝著暮雨科長最大極限的寬容。

「嗯，現在海灘那邊應該可以看見山上的濃煙了吧？我想想，路卡小弟現在應該是指著山上大叫『為什麼會發生火災！騙人的吧！』之類的，然後深樹妹妹就會回答『哇塞——火災了耶火災了耶！』總之快點去通知他們吧，以免路卡小弟在這之前就嚇得翹辮子了。」

「你自己惹出來的事情，自己收爛攤子。」絲毫不打算參與的暮雨用眼尾掃過他一眼，自顧自的走了。等等再度見到他時，應該就是三點集合時間。

白火這時才想到——既然不想管，暮雨為什麼會出現在山上呢？

「安赫爾，你和科長說了什麼嗎？」於是等暮雨離開、自己和安赫爾前往海灘的途中，她這麼問。

「應該也不算說什麼啦。昨天晚上我和妳從洋房那裡回來後，正好遇到了暮雨，逃不過的情況下就只好和他攤牌啦。」

「你是說實驗室的事情嗎？」

「嗯，然後我告訴他今天我應該還會再調查一次。他也沒什麼反應就走了。」

「……有查到什麼嗎？」

「很可惜，都被燒光了，沒有任何收穫。」說到這，安赫爾無奈的看著白火，「可是我真沒想到妳會跑來找我啊，白火妹妹。真不知道該說高興還難過，要是暮雨不在，妳現在應該還在火場裡和那三個放火的打架吧。之後記得好好向我家阿弟仔道謝喔。」

嚴格說來，這件事情安赫爾也有不對的地方，但是就事論事，白火還是低聲說了一句：「……很抱歉。」

「不，該道歉的是我，對不起，讓妳擔心了。既然我們有共同的秘密，我就應該把接下來的行動告訴妳才對。」

「等一下，秘密是指？」

「嗯，這件事情先別告訴其他人。暮雨已經發現了這也沒辦法，但至少要對其他人保密。在事情查明之前別輕舉妄動。」

「……我知道了。」

「那就先這樣吧！離集合還剩一點時間，還想去哪裡散步得快點喔，白火妹妹。」

說完，安赫爾露出招牌笑容，朝白火揮揮手就往自己房間走去。

一邊獨自漫步在走廊上，安赫爾下意識打算把手放進口袋裡，才想起來現在穿的不是白袍。手也不知道該往哪擺，只好有些笨拙的摸摸自己的脖子，用著微乎其微的聲音喃喃著：「究竟是誰會做這種事……」

基於職業病與種種對立，他第一個聯想到的自然是世界政府。然而不能一竿子打翻一船人，政府雖然和管理局衝突頻繁，但也是有合作的情況。只能說雙方都是為了貫徹自己的理念而爭鋒相對，沒有所謂的對錯與善惡。

但是，如果對方真的和實驗室有瓜葛的話……

★※★◎★※★

「為什麼會發生火災！騙人的吧！」

「哇塞——火災了耶火災了耶！」

事後證明安赫爾的預測準確無誤。

「路卡小夥伴、路卡小夥伴，你看那邊——安赫爾小夥伴他家的山冒煙了啦，好神奇喔！」

「笨蛋，不要幸災樂禍！是說為什麼會著火啊？」

「唔——聚集落葉烤番薯之類的？」

吃完飯後又跑來玩水的荻深樹套著游泳圈，浮在人造海洋上，隨著浪花搖曳，一邊看著山頭的黑煙，一邊「哇塞——」的驚嘆。

反倒是被她抓來海邊的路卡慌了手腳，怎麼度個假也會遇到森林大火啊？安赫爾的私人別墅真的沒問題嗎？

「路卡、荻通訊官，你們沒事吧？」這時，白火從遠方跑向路卡和荻森樹，雖說不明顯，但她的衣服似乎沾上了點煤灰和土垢。

「白火？妳慌慌張張的做什麼啊？」

「那個……山上的火災，安赫爾已經派人去處理了，請大家不要擔心，對不起嚇到大家了。」

「為什麼會突然燒起來呀？」

「……我也不太清楚，好像是在整理建地的樣子。」

白火飄移了一下眼神，四周只有路卡和荻深樹。她剛剛已經通知過在房間裡的芙蕾和雪莉了，也繞到廚房裡去找艾米爾，但是沒有看到人，「對了，艾米爾呢？他沒和你們在一起嗎？」

「沒看到耶，早餐結束之後他收拾完餐具就不見了，他應該是去幫忙傭人了吧。」

「連休假也這麼熱心啊……」算了，艾米爾也不是什麼會大驚小怪的人，就交給安赫爾通知吧。白火瞄了眼手錶，也差不多是集合時間了，這趟私人海灘之旅還真是波折四起……總之事情算是告一段落，她嘆了口氣：「真不想回去上班……」

面對白火的牢騷，荻深樹則是扛著游泳圈，用沾滿海水的手拍拍她的肩膀，「憂鬱星期一！簡直和這片海一樣藍呀──欸嘿嘿嘿嘿！」

04 布瑟斯的相親騷動

「請和我以結婚為前提交往吧。」

當安赫爾一改平日輕佻，正經八百的對她說出這句話時，白火差點以為世界末日來臨了。

名門布瑟斯本家的么子安赫爾，現任時空管理局第二分局局長，二十六歲，單身。最近的煩惱：正陷入萬劫不復的逼婚地獄。

生於權貴家族的他明曉自己的終生大事必定會伴隨家族利益名聲而行，因此向來對婚姻一事不感興趣，對愛情似乎也不帶有執著，感情世界也總是止於男女範疇的水面之間。然而，隨著自己的身分地位在社會上嶄露頭角，以及年齡增長，他終究無法逃過殘酷的現實。

安赫爾盯著在自己辦公桌上像是高級餐盒般重重堆疊而成的淺米色塗漆相框，一籌莫展，眉頭深鎖。

他像是深怕骨牌倒下似的，慎重的抽起其中一個相框與成套的文件閱讀，照片裡果然是個盛裝打扮的大家閨秀，容姿秀麗宛若天仙，渾身散發出的溫柔婉約更是穿透相框與影像，昇華為活生生的氣流直射入他的眼瞳裡。

接著第二份照片、第三份照片……一大疊相框裡的女性清一色都是氣質出眾的美女，附檔文件裡的家世條件詳述也都赫赫有名。

老家的相親人海戰術開始對他展開攻勢了，並且一改昔日的打帶跑游擊，這次轉為殘酷無情的閃電侵略戰。

管家深知透過電話遊說會被他設為拒絕接聽；將相親對象的資訊利用電子信箱寄過來只會被他分類到垃圾郵件；投影照片則會被他選擇性眼盲視若無睹；於是乾脆採用最傳統而正式的方式，直接把附帶相框的實體照片和紙本資料全打包寄了過來，以相當獨裁的手段霸占他的辦公室。他稍稍一個不留神，無論是家裡還是職場辦公桌，都被管家強硬寄來的相親照片或宴會出席通知當場淹沒。

還打算繼續遊戲人間的安赫爾當然沒打算白白挨揍，他撫著下顎，開始盤算究竟有什麼戲劇化手法可以一舉扭轉劣勢，重點是要很有趣。能解決迫在眉睫的困境又不失娛樂性，質量兼具，一個都不能少。

於是……

「請和我以結婚為前提交往吧。」

這就是為什麼安赫爾會突如其來對著白火懇求交往的緣故。

只要假借有交往對象，搪塞住家族的嘴，就能暫時遏止這不見天日的逼婚攻勢！在這戀愛風氣自由的公元三千年世界，安赫爾深信即使是被家族利益束縛住的自己，必定能夠用真心融化本家堅定不移的鐵則。

「這是權宜之計，是善意的謊言。白火妹妹，妳會幫我吧？」安赫爾言簡意賅解釋了自己的目的，握住白火的手，九十度彎腰鞠躬，「拜託了！」

差點以為世界即將毀滅的白火當下就領悟過來了，這不正是漫畫或通俗小說裡出現的有錢人家大少爺最常用的俗套手段嗎？這年頭竟然還有人玩這招！不知該說安赫爾是風氣過時還是刻意走懷舊路線。重點是試圖誘拐一般良家婦女，這傢伙都不怕自己吃上官司嗎？

「不是幫不幫的問題，我總不能——」

「妳忍心看著局長好不容易來到事業全盛期就被一腳踹進婚姻的墳墓嗎？」

應該是和你結婚的人被迫跳下奈何橋才對吧！——白火原本想這麼嗆他的，但是想了想，這個背負大家族期待的少爺確實有著無可奈何的苦衷。

「好嗎？好嗎？只要和我回老家一趟做做樣子，之後再和老家的人說和平分手就行了！不然就白血病病危、車禍天人永隔、海馬迴萎縮導致記憶障礙也可以！總之這種醫療範疇的就交給我啦！」

「為什麼我要為了你的那種鬼劇本去死啊！」

「妳就這麼希望遊戲人間的局長連半個世界的花街柳巷都還沒走遍，就被迫成為婚姻的奴隸嗎？局長好歹也算妳半個衣食父母，妳對得起妳自己的良心嗎？」

「像你這種玩世不恭的混蛋果然還是快點定下家室才是造福社會吧！」

「我們不是一起去夜遊的好夥伴嗎？妳對我這麼狠毒，暮雨阿弟仔會哭喔！」

「和科長又有什麼關係啦！」

「可惡，我都已經這麼低聲下氣了，為什麼妳就是不肯配合我啊！」

「不要講得錯在我身上一樣！」

幾番激烈攻防下，勢均力敵的兩人大口喘著氣，怒瞪彼此。

白火終於提出最根本的疑問：「再說為什麼是我？既然是有錢人家的少爺，應該講求門當戶對吧？」她只是個身世成謎、外加失憶症纏身的一介平民，走進布瑟斯本家的玄關都會被掃把掃出去，太過渺小的存在。

「理由很簡單，因為妳是純種。」安赫爾見白火不再炮火連篇，也跟著冷靜下來解釋：「為了維持本家的純種血脈，婚姻對象都必須是純種才行。我雖然是家裡的么子，用不著繼承家業，但也得照這個規則走。」

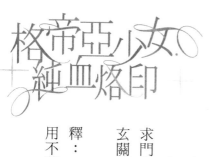

好個悲哀現實的世家規則啊，白火突然覺得身為一般烙印者的暮雨被收為養子根本是奇蹟，「照這道理，暮雨科長怎麼還有辦法被納入家族呢？」

「老弟的能力過於傑出，是特例中的特例，不過終究沒有血緣關係，遲早會被分家出去吧。」咳了幾聲清清喉嚨，安赫爾語重心長的將手搭在白火的肩膀上，「放心，就算妳和我分手之後不幸腦溢血身亡、被仇家追殺橫死在街上、或是墜入山谷中導致屍首分離，還是有辦法和暮雨老弟見面的，這點用不著擔心。」

「所以說為什麼都是以我死掉為前提啊！」

「暮雨阿弟仔一定也會很欣慰的，嗚。」安赫爾裝腔作勢的拭去幾滴眼角淚水。

「在這之前，你沒打算和家族的人反應嗎？畢竟是自己的孩子，父母多少會尊重你的意見吧？」

「有啊，但是被駁回了。」安赫爾當然也想過向老管家和父親抗議相親一事，因此就在信上寫了「我還想繼續玩」。不久之後，得到的回信上，父親請管家代筆了簡單六個字：「你還是去死吧」。

「只要一天，一天就好了！跟我去一趟本家就回來，事後不會給妳造成任何麻煩！如何？」

「可是、我果然還是……」覺得這樣不好啊，不知怎的，白火心中浮現出某位魔鬼科長的身影，怎樣也無法答應。

「妳真的打算見死不救嗎？妳好殘忍！」

「不是的……我只是，真的沒有辦法做出這種違背良心的事……」

安赫爾若有所思的摸摸下巴，故弄玄虛的歪歪頭，「布瑟斯旗下的食品企業啊，最近好像在著手新企劃，似乎是叫什麼『重現失落文明的美食！』之類的，目前正在進行商品化的樣子。」

感覺到眼前的純種迷子注意力被他吸了過來，他煞有介事的開啟新話題：「我想白火妹妹的故鄉臺灣應該也算是失落古文明的一種啦，只是都沉到海底了，消費者買不買帳又是一回事，如果真的沒辦法，臺灣篇的美食企劃案恐怕只能被迫喊卡了呢……」

「好，我答應，只要陪你去本家就行了吧？事不宜遲我們快走吧。」

「非常好，就是這股氣勢！」

於是乎，多虧白火的三秒倒戈，菜鳥員工與壞蛋局長，兩人合作無間的偽裝情侶大作戰開始了。

★※★◎★※★

幾天後，暮雨前往安赫爾的辦公室打算拿取工作資料時，才發現辦公室內空無一人。詢問醫療科的其他科員，大家也不知道局長又跑去哪混水摸魚了。

向來神出鬼沒的安赫爾行蹤成謎也不是稀奇事，畢竟沒有影響到工作效率——倒不如說唯恐天下不亂的局長暫時消聲匿跡，管理局終於贏得一陣得來不易的寧靜。

不以為意的暮雨回到武裝科的辦公室時才發現——某個工作好不容易上軌道的菜鳥純種科員也不見了。

註明「外出」的白板上沒有標記，近期內也沒有外出指示，正當暮雨猜想對方是單純睡過頭曠職時，才看到自己電腦螢幕上跳出成員假況的通知。這下他終於想起來前幾天白火不知道為什麼先請了事假，說是有緊急私事要辦。

白火不在管理局裡，安赫爾又行蹤不明。他沉思片刻，手機裡沒有任何訊息，他索性撥了通電話給自家的麻煩兄長，電話卻始終無人接聽。

——算了，反正肚子餓了就會自己跑回來了吧。

把自家兄長和部下當作是家犬，暮雨沒多思忖的收起手機。這時，掌心上的方形機械傳出震動與光芒，螢幕的來電顯示為「本家」。

布瑟斯本家會有人打電話過來可是件奇事，暮雨按下接聽鍵，「怎麼了？」

「是小少爺的聲音……真懷念呀，近來可好嗎？」電話另一端傳來稍微顫抖沙啞、仍感覺得出精神抖擻的年邁老年人聲音。

是從小就照顧自己起居的老管家，隨著自己搬離海邊別墅，老管家也被調回本家值勤。暮雨走出辦公室，來到適合通話的交誼廳角落，四周沒什麼人，他罕見的用溫柔語調說道：「管家爺爺，你怎麼會突然打電話過來？」

「沒什麼、沒什麼，就是想聽聽小少爺的聲音。」管家爺爺咯咯笑了幾聲。

聽見他的聲音，暮雨腦海裡登時浮現出那位西裝筆挺、姿態優雅不受年齡拘束的老人身影。好久沒回老家了，不知道管家爺爺身體如何。

「這次您沒一起回來真是可惜，我原本期待能看看您的臉的。不過見安赫爾少爺和從前一樣精神充沛，想必在管理局的生活一切安好，我也就放心了呀。」

「……什麼意思？」

「哎呀，莫非您不知道安赫爾少爺目前正在本家裡？」

暮雨一面接電話，一面蹙起眉間搭電梯，再次前往自家老哥的私人辦公室。在這撲朔迷離的對話中，他意識到自己完全被蒙在鼓裡，那混飯吃的局長沒事回老家做什麼？

「安赫爾少爺說是什麼有很重要的事情就回來了……應該是和最近老爺囑咐我寄給他的東西有關吧。」

東西？

隨著預感漸漸成真，暮雨再次來到醫療科，解開密碼鎖走進兄長的辦公室裡，扯開一層層的抽屜翻攪文件，毫不留情的開始翻箱倒櫃。最後，他看見自家老哥的辦公桌下方，像是沙丁魚罐頭那樣硬塞成堆的相親照片。

「不過可真奇妙，安赫爾少爺竟然會帶女孩子一起回本家，我活到這把歲數還是頭一遭瞧見呢，哈哈！無論如何，我都希望少爺能過得幸福。」

「……女孩子？」一記警鐘敲響暮雨的心胸，「長什麼樣子？」

「黑髮黑眼的東方面孔，個子挺小的，對了，那位小姐接過茶杯時，我正好看見了她手背上的烙印呢，是至今為止我從未見過的紋樣——小少爺？」

暮雨原本就冷酷至極的面容，此刻更是上了一層幾乎不會融化的霜雪，聲音冰冷的說道：「那個傢伙……」

「小少爺？怎麼了嗎？」

「那個該死的混蛋！」

★※★◎★※★

出發當天，需要盛裝打扮的白火被強行送進美容店打理一番，換上這輩子她恐怕再也沒機會穿的高級洋裝、配件及高跟鞋，然後盤起長髮，化上濃淺適宜的精緻妝容。由於是趕鴨子上架的緣故，美姿美儀恐怕無法彌補了，既然內部無法端莊高貴，只能硬裝成是「和藹親民的鄰家女孩」風格。

搭乘特殊私人交通工具，白火在安赫爾的帶領下走出漆黑昂貴的高級浮空汽車，終於來到第二星都鼎鼎大名的布瑟斯本家宅邸。

白火將脖子伸長到幾乎發痠的程度，半張著嘴，昂首望著高聳氣派的巨大別墅。

安赫爾看見這根本是在等下雨的呆頭鵝模樣，不免說了句「嘴巴合起來啦」，她才連忙按住自己快脫臼的下顎，將合不攏的嘴巴推回去。

她反覆深呼吸吐氣——甚至連拉梅茲吐氣都想做了——盡量保持平常心，和安赫爾一同步入門框有著精細雕工的寬敞對開大門裡。

「恭候多時了，安赫爾少爺，歡迎回來。」一進門後，僕人立即行禮道：「兩位請隨我來。」

兩人被帶到類似是會客室的地方。白火記得安赫爾和暮雨一直都在海邊別墅生活，那麼他們現在會定期回到老家嗎？總覺得這種跟連續劇演得一樣的豪門大家族關係，並非她這種市井小民能輕易想像的，她也不太敢過問。

「修伯特老爺正在處理公務中，還請稍待片刻。」

僕人離去後，會客室只剩下他們兩人。深刻懷疑自己減去大半壽命的白火終於垮了身體，像是骨頭散架似的陷進鬆軟的沙發之中。

「我想回家……」這種家世規模、這種排場、這種要死不活的氣氛……早知道就不來了，為什麼她會被食物利誘啊？她是腦袋只有食物的單細胞生物嗎？身上的裝束讓腰部和肩膀發痠，長時間正襟危坐的緣故，骨頭簡直快斷了，雙腳笨重得好似灌了鉛。

「不行，夥伴，我們的戰鬥才剛開始。」同樣盛裝打扮的安赫爾吐出和高貴少爺完全不相襯的庶民臺詞：「只差一點了，臺灣美食節！」

從臺灣美食商品化一舉躍升成美食節，這位混飯吃局長還真能抓住她的胃袋。

白火正想開口反駁時，塗著櫻花色口紅的嘴唇還沒打開，就察覺安赫爾提供的高級小型手提包裡傳來震動，她拿出裡頭的手機。忘了關機，這樣面會時出糗可不行，她下意識打算按下關機鈕——卻發現是路卡打來的電話。

「我可以接電話嗎？」如果是荻深樹打來就算了，路卡的話很有可能是有急事。白火徵求安赫爾的同意，後者大方的回了一句：「當然可以。」

按下接聽鍵後，馬上傳來路卡的哀號：「白火，妳和局長到底死到哪去了啦！武裝科現在一團亂！」

「怎、怎麼了嗎？」

「科長他、科長他幾乎要把天花板掀——嗚啊啊啊啊！」路卡傳來一聲殺豬般的尖叫：「科長，不行！那是接下來要處理的用印公文，毀掉的話會——噗！」

「砰」一聲巨響，傳來幾乎是巨型書櫃倒塌的噪音，白火反射性縮了縮肩膀，「路卡？路卡！怎麼了？」

「欸嘿嘿嘿嘿——白火小夥伴，今天妳不在真是超可惜的，辦公室裡現在在開派對喔！」這次是荻深樹惡夢般的笑聲，這女人十之八九是把路卡的手機搶走了，「妳要看嗎？想看嗎？我傳過去！」

「叮叮。」手機裡某個名為「安赫爾與荻深樹的夢想俱樂部」的詭異對話群組裡馬上跳出了新訊息——是路卡違反重力原則、不知道為什麼呈現大字形黏在天花板上的照片，身體還結滿了類似是冷凍庫裡的霜塊。

「到底是怎麼回事啦！」世界末日真的來臨了嗎？路卡還活著嗎？

這種緊要關頭下，白火竟然無可救藥的想起一種說法：聽說如果封著金魚的冰塊不小心碎成兩半的話，只要把變成兩半的金魚冰塊重合回去，淋上熱水讓冰塊融化，四分五裂的金魚就能重新活蹦亂跳的在水裡悠游。

不知道如法炮製，黏在天花板上的路卡冰塊有沒有辦法起死回生？

「妳已經斷定路卡小弟死了嗎？」完全解讀出她的腦內小劇場，安赫爾難得有正常人思維的開始吐槽。看來手機裡傳來的分貝之大，他這局外人都聽得一清二楚。

「啊！暮雨小夥伴，等等啦，人家還沒講完——嗚嘎！」荻深樹話說到一半，發出可笑而粗魯的哀號，像是洩了氣的皮球似的聲音遠去。

「等一下，到底是出了什麼——」

「喀嚓」一聲雜音，又有新的人搶過聽筒，「……你們這兩個傢伙……」

堪稱絕對零度的冰冷聲音筆直傳到白火耳中，她竄出一身凍結脊椎的寒意，連耳膜都有凝結的錯覺。這種連無形電波通訊都能穿透的冰冷低溫，全世界大概只有一個人。

「我、我說……科長？」

「給我在原地等著。」暮雨幾乎是咬牙切齒，每一字的斷句乾淨到讓人毛骨悚然。

「啪嚓！」被掛斷的手機傳來通話結束的嘟嘟聲。

白火脖子上的寒毛全豎了起來，她活像是經歷生死一瞬間似的靈魂被抽乾，「安、安赫爾，怎麼辦？管理局好像……」好像很不妙啊！

「放心啦，常有的事。」

「什麼？！」

「妳就當作是遠足被丟包的小鬼，無理取鬧哭一哭後就會自己跑過來了。」安赫爾悠哉的揮揮手，順便姿態優雅的小啜一口端在手上的紅茶。平日完全融入庶民氣質的少爺，就這點而言還是高雅斯文。

白火正打算開口抗議時，會客室的大門傳來兩聲力道適中的叩門聲：「兩位，準備就緒了，請隨我來。」時機相當巧妙的僕人再度出現，將兩人帶往布瑟斯當家的房間。

「走吧，我的小姐。」安赫爾率先站了起來，裝模作樣的攤出自己的手心，並俏皮的對她眨眨眼，「臺灣美食節就近在咫尺了。」

話卡在喉嚨口的白火只好一臉苦悶的接過他的手，前往本次偽裝情侶的最後一道關卡——布瑟斯當家的房間。

一路上無聲無息，腳下的高級絨毯吸收了所有腳步聲。來到房間，按照僕人的引導入座後，白火反覆深呼吸幾次，挺直背脊。

良久，終於有位拄著枴杖的老人徐徐步入房間，「禮數就不用了。」老人搶在安赫爾和白火站起來行禮時揮揮手，逕自坐了下來。

是位年邁而不失威嚴、眼神銳利的高瘦老人。他頭髮花白，西裝下的肩膀窄瘦，五官和安赫爾有幾分相似。老人步行的途中，白火似乎看見褲管底下若隱若現的小腿呈現鋼鐵般的灰色，有別於肌膚的光滑外觀，似乎是義肢。

「許久不見了，父親，近來可好嗎？」

隨著安赫爾的請安，布瑟斯的最高掌權者——修伯特不改一臉嚴肅，發出一聲低低沉吟，「和以前一樣。年紀一大，身體越來越笨重了。」

「早就叫您退休了。」

「就跟你說了還不是時候。」

修伯特冷哼了一聲，看來這就是屬於布瑟斯的家庭寒暄。

安赫爾這個時候自信的對白火笑了一笑，接著開始介紹：「這就是我在信上提到的孩子，白火。」

「……您好，初次見面，我是白火。」白火稍稍站起來，低下頭，行了個禮。

「用不著如此拘謹。」修伯特老爺厭煩的揮揮手，單刀直入的說了：「白火小姐，可以讓我看看妳的力量嗎？」

「我、我知道了。」雖然不明白是怎麼一回事，然而老人的壓迫感實在讓人懾服，白火沒有多想的伸出帶有烙印的左手，深深吸口氣。當她的黑色瞳孔轉為赤紅時，掌心也綻放出花朵般的銀白色火焰。

似雪，似霜，也有點像是融化的白銀，足以焚燒萬物的純淨火光。

修伯特老爺稍稍睜大因年邁而鬆弛的眼皮，仔細端詳著盈聚在白火手中的光芒，滿意的點點頭，「看來和你信上寫的一樣，這類純種我也是第一次瞧見。」

「我不是和您說過好幾次了，您就這麼不相信我嗎？」安赫爾頗有微詞的嘆口氣。

「我只是眼見為憑。活到這把歲數還能看見這種稀奇事物也算值得了。」

這對父子的對話根本和本次的主旨無關，從頭到尾連「相親」兩個字都沒出現過，一頭霧水的白火收回手，悄悄的湊近身旁的青年，「安赫爾，這到底是……」

安赫爾比了個噤聲的手勢，微笑勾起的眼角看起來就像是在說：別擔心。

徐徐的，他身上特有的輕浮氣質像是被濾淨般，消失得無影無蹤，安赫爾用著無瑕而透亮的寶藍色眼瞳直視著眼前的年邁紳士，如此說道：「父親，就和我在信上提到的一樣，自從這孩子因為人造裂縫而來到管理局後，接連發生了環環相扣的神秘事件。最一開始的黑影野獸、軍事基地與地下實驗室，以及前陣子向您報告在山中廢屋的殘骸，全都是多虧這孩子才有辦法找到蛛絲馬跡。」

「……」

「並且白火她──這位失去記憶、來自過去的純種，和暮雨的身世有著極大關聯。只要繼續追查下去，不只是這孩子，暮雨長年抱持的疑問必定也能得到解答。」

「……」

「我一直……想要替暮雨做些什麼，父親。」

身為旁觀者的白火也能明確的感受到──安赫爾筆直而堅定的視線成為一道曙光，毫無躊躇的直射到老人的瞳孔裡。

「這孩子以及暮雨，就是目前我仍必須待在第二分局的理由。為了暮雨，也為了我自己，請恕我這次無法服從您的要求，父親。」

修伯特老爺沒有做出任何回應，反而突如其來的轉移視線到一直沒有介入父子對談的白火身上，「那妳呢？」

「是？」

「平白無故被帶到未來世界的純種小姐，妳怎麼想？」修伯特老爺年邁卻仍不失生氣的眼珠子直盯著她，「既然妳和暮雨有關聯，只要協助解開暮雨的身世之謎，妳也能得到間接利益，這樁事對妳而言有益無害。我說得沒錯吧？」

安赫爾一方面叫她保密住和暮雨類似的身世謎團，另一方面卻把這件事透露給眼前的長者，真是個狡猾又不守信用的傢伙。況且現在的走向根本和相親作戰沒有關係，此刻，白火在心中不滿的嘀咕，她甚至還想偷踩桌子底下安赫爾的腳。

然而，與這份想法有著同樣重量，她心中也出現了這道聲音——真是太好了，暮雨科長，無論是怎樣的形式，無論聯繫著血緣於否，或彰顯於形色，或是內斂於心中，您的家人都深深愛著您。

「……來到這個世界時，第一個對我伸出援手的是管理局的局員們，當中也包括暮雨科長。面對一無所知的我，大家都不厭其煩的教導我許多事情。所以，現在的我唯一能確定的是……就算我沒有失去記憶，身世也和科長沒有關聯，我還是會協助科長。」

當白火由衷替暮雨感到欣慰時，自己的聲音就像是破殼而出的雛鳥般，本能的回答眼前的老人。她沒有躊躇，沒有半點猶豫或虛假的說道：「就像是科長幫助我那樣，只要有我辦得到的事，我也想在我的能力範圍內替他做些什麼。這點無關利益，全是我自己的意志。」

白火這麼說完後，若有似無的，修伯特老爺淺淺的勾起嘴角。若不是那一副不苟言笑的緊繃神情，白火甚至猜測他心情應該不壞。

「你終於找到想做的事了呢，安赫爾。」這次，修伯特老爺重新把視線轉回自己的兒子身上。

「是的。」

「倒是暮雨那乖僻小子竟然也能交到朋友，這世界果然不是靠常理在運轉。」

安赫爾笑了，又說了一次：「是的。」

修伯特老爺撫撫留有花白鬍子的下顎，再度陷入了漫長沉思。

時間緩慢流逝，宛如一世紀那麼久，最後修伯特老爺震動著咽喉中的聲帶，低低說了句：「那也不壞，放手去做吧。」

安赫爾露出勝券在握的笑容，「謝謝您。」並且隔著桌巾，在桌子底下偷偷對白火比了個「萬事ＯＫ」的手勢。

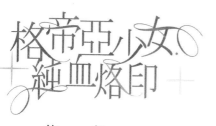

——所以這究竟是怎麼一回事呢？我來這裡到底有什麼作用？

心懷感動之餘，被拐來的白火還是不明曉這次的目的。最初的阻撓相親大作戰到底去哪啦？

對談結束後，兩人離開修伯特老爺的房間，再度被帶到最一開始待機用的會客室。僕人似乎正在準備接送用的浮空汽車，需要稍待片刻。

「這樣算是圓滿解決了嗎？」想破頭也不明所以的白火問道。

「嗯，皆大歡喜，可喜可賀。」心情特好的安赫爾搬出某通訊官的招牌臺詞。

「你要是一開始就告訴我會變成這種走向的話，我會更感激你的。」

「驚喜說出來就不好玩了嘛。不過妳的表現倒是在我預料內，帶妳來果然沒錯。」

白火聽了只覺得哭笑不得，這個局長到底把她當成什麼啦？動物園裡的猴子？

「……真是個好哥哥呢。」她忍不住這麼低喃道：「看見你們這樣，我都不禁羨慕起來了。」

「要是阿弟仔聽到妳這番話，他應該會直接把老哥我丟給妳說『想要就拿去，不收妳錢』之類的吧。哈哈哈！老哥我就是這麼一文不值啊。」安赫爾開了個相當具有可能性的玩笑，並且淘氣的眨了眨有烙印的單邊眼睛，「對了，妳應該知道吧……今天這些事情，是秘密喲？」他指的是和父親的對談。

「我知——」

白火頷首的剎那，會客室外的僕人突如其來傳出一陣悲鳴。

「小、小少爺！為什麼您會……請稍等一下啊！」

門外待機的僕人尖叫聲還沒停歇，猛地「轟」一聲，緊閉的對開大門被踹了開來，一隻目測鞋號二十九的長腿踹開門扇後，氣勢十足的落地。

身材高挑的冷酷青年甩開勸阻的僕人，鐵青著臉走進房裡。像是反應著來人散發出的怒氣般，青年一踏入房內時，溫度瞬間驟降，白火原本就因為緊張而發抖的身體差點當場凍傷。

「——安赫爾，該死的傢伙，給我滾出來！」暮雨．布瑟斯頂著一張地獄惡鬼的面容走了進來，眼睛掃上自家兄長悠閒到讓人血壓攀升的嘻皮笑臉後，二話不說揪住他的衣領把他往上舉。

「幾日不見，真熱情呢，哥哥有點欣慰。」被往上揪的安赫爾照舊笑得燦爛，也是見鬼了。

「解釋清楚這是怎麼回事。」

想當然耳，安赫爾這輕浮鬼根本吐不出正經話。

眼看暮雨的憤怒瀕臨極限，轉而成冰冷的鐵灰色面容，白火開始思考目前武裝科辦公室裡，黏在天花板上的路卡究竟融化了沒有。

「妳這女人……」拿自家兄長無可奈何，勉強保留一點理智的暮雨這次拿白火開刀了，他抓著她的肩膀咆哮：「我不允許，我可不允許妳和那種喪盡天良的混蛋走！」

「科、科長？」

「總之我不准，比起那種性格惡劣又一無是處的傢伙，我絕對比——」暮雨一時語塞，深深吸了口氣，然後「嘖！」了一聲掉頭就走，「回去了！」

「喔……」正好他們也準備要回管理局。雖說自己是客人，白火還是挺有顧慮的問道：「科長會和我們坐同一輛車嗎？」

「才不要！」

「但是回去的地方一樣，一起走的話也比較——」

「干我屁事！」

「您到底在生什麼氣啊？」

「不知道！」魔鬼科長氣急敗壞的低吼一聲，頭也不回的離開了。

盯著那走遠的身影，安赫爾滿面春風的補了句：「看吧，我就說會自己跟上來。」

事後，白火意外得知——其實布瑟斯本家似乎想讓安赫爾辭去管理局的工作，調往別的企業單位，藉此讓安赫爾在別的領域範疇替家族打響名聲。

向來順從家族旨意的安赫爾這次不知怎的，揭起了至今為止前所未有的反抗之心。針對這點，就連修伯特老爺本身也感到嘖嘖稱奇。

至於安赫爾的相親災難呢？多半是他的堅貞不屈、以及崇高的兄弟之情感動了父親大人，布瑟斯本家的逼婚攻勢竟然奇蹟似的退潮了，連帶效益還真是龐大——不，說不定這才是安赫爾真正的目的才對。白火不禁如此暗忖。

★※★◎★※★

布瑟斯的相親事件平息一段時日後，某天假日，白火按照安赫爾的指示來到鬧區裡的某間餐廳。

餐廳的內部擺設因應活動而特別翻新，呈現有別於公元三千年世界的懷舊東洋風格，菜單也全數更新成從未見過的特色料理——是安赫爾當初提到的臺灣美食節。還真守信用。

安赫爾埋首於工作因此沒時間赴約，由於上次相親事件不知為何觸動了魔鬼科長的逆鱗，相當慚愧的白火算是賠罪的把科長也一起帶過來了。

俗話說美食就該與好友……呃，好上司分享，白火希望自己與科長之間的友誼和信賴關係今後也能持續下去。

被自家兄長和下屬蒙在鼓裡的暮雨一回想起上次事件都還會血壓升高，但是食物畢竟是無辜的，仍然答應了白火的謝罪。

兩人目前坐在餐桌前等待上菜，現場情況不算好，卻也不算差，相當微妙的氣氛。沉默片刻後，怒氣囤積許久的暮雨終於開始訓話了：「竟然請假去幹那種蠢事，好大的膽子。」

「……對不起。」

「隨便答應安赫爾那種鬼要求，妳是想被抓去賣嗎？」

「我知道錯了。」

「而且還是被食物利誘？妳是餓太久，還是從哪裡投胎的吃貨啊？妳是腦袋裡只有食物的單細胞生物嗎？」

「下次不敢了。」

這恐怕是暮雨至今為止最多話的一次，還真是百聞不如一見。

挨罵之餘，竟然隱約同時感到新奇的白火認為自己有點可悲，「只、只是我答應幫忙安赫爾這件事……應該和科長沒關係吧？」

「囉嗦！」

「對、對不起嘛——！」

她為什麼非得一直道歉不可啊！基於諸多不可解的理由，化身為初嫁小媳婦的白火瑟縮著身子，自認理虧的偷瞄一眼身旁變成惡鬼婆婆的上司。

——既然同為布瑟斯家的成員，對暮雨科長隱瞞實情這點確實是不妥，但是有必要這麼生氣嗎？不過是老掉牙的抵抗相親大作戰而已，何況根本什麼事情也沒發生……還是說，他是在埋怨身為哥哥的安赫爾沒有帶著他一起回本家，所以在鬧彆扭？

——這人是小孩子嗎？想回家的話，一起回去不就得了？

千萬個疑問占據白火腦海，她不免在心中碎嘴了起來。

此時，期盼許久的餐點終於接連端上桌，占據整張大圓桌——既然是金主安赫爾付帳，暮雨當然毫不手軟的從菜單第一頁點到了最後一頁，順便當作是報復。

上菜後，兩人相當有默契的拿著餐具——筷子。

白火吃了一口蒸籠裡的小籠包和蒸餃，當場流下眼淚來，一邊讚嘆究竟是哪位特級廚師完美重現了家鄉味，一邊痛哭流涕的說道：「嗚、我，回到家了……」

「死心吧，妳腳下還踩著公元三千年的地板。」

科長還有心情吐槽，看來美食當道，氣消了不少。

「很好吃對吧？當初來到這裡時，我也會經常夢到家鄉的美食呢。」

「嗯，確實不壞。」

「管理局的伙食也很棒，但這種時候還是會想家啊——」

「將來有機會的話，我也移居到臺灣好了。」

白火一口茶差點噴出來，「什麼？！」

「開玩笑的。」

根本不可能開玩笑的魔鬼科長面無表情說出這句話後，看著身邊一臉石化狀態的時空難民，淡定道：「當真做什麼？」

「沒、沒什麼。」既然是在說笑，白火重整士氣，索性乘上科長的天馬行空：「如果您願意來臺灣觀光的話，我會負責當嚮導的。」

「我是不懂一個沒影子的家裡蹲能有什麼引路成效，不過姑且就相信妳吧。」

「兩個沒有影子的人走在臺灣的路上，有了同伴，應該就不會這麼醒目了吧？這樣好像也不用刻意撐傘了呢！」

「不，我要是路人的話，絕對會報警。」然後順便把沒影子外星人的照片投稿到神秘力量研究週刊之類的，一來一睹奇景，二來還可以賺個外快。

一邊閒聊，看著滿桌家鄉菜，白火再次於心底感謝安赫爾的好意，並沒來由的突然說道：「我果然還是覺得安赫爾是個好哥哥。」

「啊？」

「請好好珍惜。」

暮雨嘀咕：「想要就拿去，不收妳錢。」

最後，相較於熟練的用左手握著筷子的白火，用不慣筷子的暮雨放棄挑戰，乾脆請人拿刀叉過來。

附帶一提，本次被暮雨遷怒而冰封在辦公室天花板上的路卡，據說花了約莫半天時間才完全解凍。

05 圈套疑雲

歷經週末的安赫爾私人海灘之旅、以及局長的相親騷動後，時空管理局第二分局逐漸恢復生氣。

被派遣到第五星都的局員紛紛歸來，白火總算脫離不見天日的加班地獄。

至於第五星都的危機，雖說是抓到了時空竊賊，但仍無法判明人造裂縫的真相。白火甚至猜想：會不會又和ＡＥＦ那群人有關？ＡＥＦ那群神出鬼沒的傢伙，在別的星都有據點也不奇怪。

時節更迭，平穩的日子時持續流動。

早上八點五十分，完美的出勤時間，白火一邊轉了轉有些僵硬的脖子，與其他局員依序走進管理局一樓大廳。

只是才剛踏入局裡，她就嗅到與平日截然不同的凝重空氣——平日寬敞的一樓大廳登時多了格格不入的人群，整齊劃一的走向管理局深處。

目睹這個場景的管理局局員都和白火一樣，目不轉睛的望著這支驀地來訪的隊伍。白火困惑的停下腳步。浩浩蕩蕩的人馬活像是醫療劇裡的白袍權威們列隊走在長廊上，那些人是誰？

「隸屬世界政府的『時空管理特別情報部門』，是政府設立出來相對於管理局，負責與管理局聯繫、合作協商、或是制衡的特殊機構。」

一道中性而細柔的聲音在她耳邊低語，白火連忙轉過頭來：「艾米爾！」

「早安，白火小姐。」艾米爾笑著和她點點頭，走到她身旁，陪她一同觀望正魚貫走入電梯裡的隊列。

那部門的名字又長又饒舌，白火不太篤定的重複一次：「特、特別……情報部？」

「是的。至於那位走在前頭的，則是特情部的領導人溫斯頓先生。」

白火趕在電梯關門前瞥了眼遠方帶頭的男性，看不太清楚，似乎是位頭髮末端有些發白的高瘦中年男子，搭配端莊西裝、圓帽和枴杖的姿態，有點像是小說裡出現的英國紳士。

「特情部的人常常過來嗎？」

「不，幾乎沒有。是有什麼事情要發生了嗎……」艾米爾托腮一想，白皙的面容上了層陰鬱，「我先回鑑識科裡打聽一下風聲吧，失陪了。」

若是有什麼問題，暮雨科長那裡應該也會做說明吧？白火心想，和艾米爾在一樓分別。難得回歸正常的工作生活，總覺得又有什麼麻煩事要發生了。

「哎呀，好久沒有回來了，果然還是老家好——」

艾米爾的身影才剛消失，忽然，耳邊又傳來了相當有磁性的男性嗓音，距離近得簡直就像是故意在耳邊呼氣一樣。

白火雞皮疙瘩掉滿地，猛地回頭，「什麼？」又是哪個唯恐天下不亂的人出來了？一位身材高挺的男子朝她拋了個媚眼，也不管白火一陣警戒，對方隨即就抓住白火的手，像是跳國標舞那樣煞有介事的把她擁入懷裡。

兩人的臉相近不到十公分，白火盯著對方深邃的五官以及長得可以放上棉花棒的睫毛，絲毫沒有怦然心動的感覺，還不免抽了抽眼角。

「妳好，妳就是傳聞中的武裝科新人嗎？還真是超乎我的想像，這媲美維納斯的美麗輪廓——」

「請問您哪位？」白火一臉莫名的盯著男子，被拉過去就算了，竟然還被他用手托起下巴。這絕對不是錯覺，她最近常常遭受這種性騷擾洗禮。

她迅速打量了一下對方：隨意綁起的淺棕色褐髮，祖母綠的眼瞳，偏向小麥色的健康肌膚，以及讓人一眼就刻鏤在腦海的英俊外貌。

男子身上的襯衫更凸顯出平時鍛鍊過的好身材，全身上下毫無一絲缺點——除了令人詬病的性騷擾行為——儼然是從雜誌裡走出來的模特兒。

對方穿著便服，現在還不到管理局開館時間，所以是空闖進來的民眾？

「我的維納斯，我誕生到這世上的意義必定就是與妳相遇——如今我們終於遇見彼此，不如就……嗚啊好燙！」

攬住白火的男子才剛更要進一步動作時，馬上感到一陣熱源閃過他鼻尖，嚇得退後好幾步。

好不容易從性騷擾犯的手中解脫，白火重新整理一下被抓皺的衣領，「對不起，一不小心就反射動作……請問有什麼事嗎？」嗯，會怕燙，應該不是陸昂假扮的。

「我的維納斯，妳這熱情的招呼真是出乎我預料！」

「啊？」

「——早安，白火。」

就在白火深深覺得應該報警處理時，又有人走了過來，是調停科的朔月。

「早安，白火，今天也一起，加油吧。」

朔月有禮貌的敬禮，高大的身軀搭配他頭上的一對龍角，白火覺得不論看幾次都很不可思議。

「朔月，你來得正好。」一看到救星，白火馬上退到朔月身後，「好像有怪東西闖進局裡了。」

「怪東西？」朔月順著白火的眼神望過去，看了看眼前的搭訕男。

不看還好，一看不得了。

「好久不見啊，朔月！」搭訕男竟然笑容燦爛的向朔月打了招呼，甚至親暱的搭上朔月的肩膀。

★※★◎★※★

「好、好痛好痛、暮雨！放手啦！不要拉耳朵！」

眼前的情況有些奇妙。

「告訴我穿便服執勤的理由。」

「被派到外地連續穿半年的制服膩了啦！烏漆抹黑一點也沒有時尚感，難得回來了我就想說換換新氣象順便給大家一個驚喜——好痛痛痛！暮雨我的耳朵要掉啦！」

正常狀況下會直接拿鐮刀劈人的魔鬼科長暮雨竟然一改行事作風，用力抓住搭訕男的耳朵，把搭訕男一路從武裝科門口扯到會議室裡，力道大到搭訕男眼淚直流。

「耳朵是型男的生命啊！我、我才剛穿新耳洞！會發炎！」

「干我屁事。」暮雨把搭訕男甩到會議室中央，然後嫌髒似的用濕紙巾擦了擦手。

武裝科每日工作前會在小型會議室舉行晨會，大略報告一下當天的工作內容。既然剛剛的搭訕男也被抓進了會議室現場，就表示他並非一般民眾。

搭訕男摸摸自己幾乎變成彌勒佛的耳朵，不幸中的大幸，耳洞沒變形。他環顧一下會議室四周，武裝科全員都盯著自己，魔鬼科長的眼神尤其懾人。

「咳咳——那就簡短報備一下。」搭訕男輕咳了幾聲：「武裝科科員該隱，睽違半年正式調回第二分局武裝科，今後也請各位多多指教啦，我會好好的愛著各位唷！」

語畢，名為該隱的帥氣男子又朝白火拋了個媚眼。

「熱烈歡迎、熱烈歡迎，我們帥氣的該隱小夥伴！今後也一起努力打擊犯罪吧！」荻深樹相當捧場的拍手歡呼。

「荻通訊官，妳的笑容還是一如往常般的帶有朝氣呢！如何，下班後要不要來個約會啊？」

「欸嘿嘿嘿——不要，我對你又沒興趣☆」

「……」暮雨環視了一下四周，除了被通訊官打槍的廢物搭訕男以外，看來沒什麼報告事項了，他點點頭，「那麼以上，解散。」

「咦、結束了嗎？太快了吧，我還以為有獻花啦、歡迎會什麼的——」

也不管名為該隱的男子抱怨聲連連，武裝科成員一如往常的離開會議室，開始著手工作。白火一頭霧水的眨眨眼，到底是怎麼回事？好歹也替她解釋一下啊。

「該隱是半年前調離我們分局的武裝科科員，是少見的純種烙印者。」路卡看白火一臉莫名，貼心的走過來解說。從白火入局以來，路卡一直都是擔任新手教官的職位。

「這樣啊。半年前……難怪我沒有見過他。」

「那傢伙是出了名的把妹王，從妙齡少女到駝背老嫗都不放過，妳自己小心點。」

「這守備範圍也太廣了吧。」難怪剛才在電梯前會被搭訕，白火一想到被摸過的肩膀和下巴，不免又是一陣雞皮疙瘩。

「小路卡，你這麼介紹我也太壞心了吧！」當事人該隱走了過來，剛剛被暮雨施暴的耳朵還是紅腫狀態，卻仍不減華麗風采。他朝白火伸出手，「就是這樣，請多多指教啦，我的維納斯。」

「請、請多多指教。」白火猶豫了一下才握手。還好，看來該隱沒打算趁機把她拉過去。

「白火，絕對要小心這個女性公敵喔！這傢伙可是換女友如新衣的混蛋，要是出了什麼狀況就找我或科長，知道了嗎？」

「什麼換女友如新衣，請說我是維持動態單身好嗎？」該隱聳聳肩，「別擔心啦，小路卡，其實我是雙性戀，不會辜負你的。」

「啊？！」

「騙你的。」該隱哈哈大笑了幾聲，丟下呆愣住的白火和路卡揚長而去。

★※★◎★※★

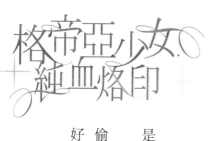

安赫爾將手放在白袍口袋裡，一邊哼著歌，一邊悠閒的走上樓梯。比起電梯，他還是比較喜歡用雙腳移動，反正也才一層樓。

管理局好不容易訣別過勞死戰場，回歸昔日的和平時光，這下終於可以在上班時間偷閒片刻。安赫爾來到五樓鑑識科辦公室，朝芙蕾的辦公桌走了過去，「午安呀，我的好同事。」

「安赫爾？怎麼了嗎？」正在辦公的芙蕾抬頭一看，局長會親自來到鑑識科還真是稀奇。

「有點事，和我過來一下。」

語畢，安赫爾帶著芙蕾走向四樓醫療科自己的辦公室。果不其然，一路上他那一身白袍惹來不少視線，好在管理局的成員都清楚安赫爾和芙蕾是舊識，也沒什麼八卦可挖。

兩人進到辦公室，安赫爾鎖上門，確定外頭沒有任何異狀後，才坐到辦公桌前。

「有件事想拜託妳。」安赫爾解開私人抽屜的鎖，拿出外圍有些破損的鐵塊，「可以幫我解讀一下這個嗎？」

「這是……硬碟？你從哪裡拿到這東西的？」

「這我不能說。有辦法破解嗎？」

芙蕾看了一下桌上的硬碟，巴掌大小，不只是破損痕跡，甚至還有些燒焦跡象，應該是情急之下硬拆下來的。這年頭的電腦數據雖說是靠雲端管理居多，但還是有在使用這類型的硬碟，「和管理局的公事有關嗎？」

「唔──秘密。」

芙蕾瞄了安赫爾一眼，別看這傢伙一臉笑容，口風可是緊得很，「那有什麼是你能透露的？」

「嗯——」安赫爾思考了片刻，「如果我猜得沒錯，裡頭的東西應該和前陣子的影獸有關。這件事我希望妳私下調查，不要洩漏出任何情報，可以嗎？」

「我知道了。」芙蕾研究了一下硬碟，接著說道：「一個月份的飯後甜點。」

「成交。這還算便宜我啦。」

「那給我點時間吧，成功破解後會告訴你的。」

「謹慎點，情報流出去了我會很困擾喔——」

「知道、知道。」芙蕾將硬碟放入安赫爾準備好的皮袋裡，揮揮手離開了辦公室。

那硬碟被燒得焦黑，不知道有沒有辦法完全恢復原狀。而且，她沒漏看的話——當安赫爾交給她硬碟時，從白袍袖口裡露出來的手腕有著疑似是燒傷的疤痕，雖說有經過處理，也淡化了許多，但那微乎其微的黑化表皮層還是奪走了她的視線。

——安赫爾是為了這個硬碟而受傷的嗎？和火勢有關？這究竟是多重要的東西？

芙蕾疑惑歸疑惑，還是小心翼翼的收好硬碟，回到了鑑識科。

★※★◎★※★

和平的管理局生活並沒有持續太久。

回歸正常生活後約莫經過了半個月，武裝科內部進行了作戰會議。

距離前陣子沙族72區奪還作戰也過了數個月，白火再次投入作戰任務。

雖然說武裝科就是為了實戰而設立，確實也有一部分科員得知將進行實戰而躍躍欲試，但若可以的話，白火還是不希望見血。她不禁在心中自嘲了起來，這種五味雜陳的感覺還真像消防員。

「針對橫行於第二星都的時空竊賊，管理局和世界政府的特情部終於鎖定了時空竊賊的據點。據點位於第二星都邊境的森林廢棄工廠。」

暮雨科長站在作戰會議室講臺上，利用電子螢幕進行解說。他的聲音透過擴音器清晰的傳遞到會議室各個角落。

「本次的目的是突破時空竊賊的據點，一舉擊潰竊賊。」

作戰會議室約可容納五十人，呈現著從講臺開始托高的樣式，坐在遠方角落的白火盯著偌大的電子螢幕，認真標注筆記。本次的作戰會議規模非同小可，會議室裡幾乎塞滿了人。

「並且，由於據點規模之大，本次任務將會與政府聯合進擊。」

和政府軍一起？白火眨眨眼。

她明曉管理局和政府軍的特殊關係，雙方時而對抗、時而合作，但是至今為止只會找管理局麻煩的世界政府竟然有成為戰友的一天，怎麼想都不可思議。

「那些傢伙能信嗎……之前還開著坦克來找我們麻煩耶！」身旁的路卡也是相同的反應，雖說沒出人命，但前陣子的爭奪戰可是想忘也忘不了。

白火在他耳邊悄聲問道：「以前沒有和他們合作過嗎？」

「是有啦，而且不少次，只是……雖然知道裡頭的人不壞，大家也是聽命行事……但就是有種疙瘩在嘛。」

大多數的科員一聽到「和政府軍並肩作戰」的消息時也紛紛交頭接耳，會議室裡的私語聲此起彼落。

會有這番反應是在預料之內，暮雨不改面色的說道：「相信大家都有所顧慮。考量到各位的心理因素，本次將增加參與人數，以因應各種突發狀況。」

暮雨話說得很直白，雖說是和世界政府同心協力擊倒時空竊賊，但是仍有保持戒心的必要。

「接下來是作戰計畫細節。」暮雨操作著電子面板，切換到本次作戰的地圖與作戰細節。

時空竊賊的根據地位於森林深處的廢棄工廠，四周被闊葉林植被層層包圍，相當適合隱密行動，這多半也是竊賊將本營設置於此的緣故。

由於高密度樹林會影響行軍與視野，武裝科科員將分為三組行動：狙擊班、主力軍以及掩護部隊。

廢棄工廠共有兩側出入口：北口與南口。人數稀少的狙擊班會先在至高點待機，率先爆破北口使其坍塌。成功堵住北口後，主力軍再和政府軍一起從工廠南口進擊。

敵方擁有主場優勢，但是以人數而言，絕對是武裝科和政府的聯合軍占上風，只要率先堵住北口，封鎖時空竊賊的逃脫路線，接下來再慢慢攻下據點即可。用不著特別進行快攻，持久戰反而有利。

考慮到森林地形躲藏伏兵的可能，剩下的掩護部隊將會在工廠外部待機，因應突發狀況。

本次作戰的關鍵在於狙擊班的爆破行動，以及通訊官的情報流通效率。

「當日作戰時，請各位拋下成見與友軍合作，一方面也請保持警戒。若沒有任何疑問的話，會議將在此結束，細節會在稍後傳送至各科員的電腦及通訊器中。那麼，期待各位當日的活躍。」

說明完作戰內容後，暮雨科長行了個禮，結束了作戰會議。

作戰將於一星期後實施，科員們繃緊神經，魚貫離開了會議室。

「感覺和之前的作戰氣氛差很多呢。」白火開始胃痛了，她還是沒辦法習慣這種工作內容。

「可能是和政府軍一起的緣故吧……總之加油啦，白火！」

「謝謝你，路卡。」

或許是緊張的緣故，一股難以言喻的複雜感讓她感到脊椎發涼。

★※★◎★※★

一星期後，與世界政府軍合作的森林作戰正式開始。

攝氏二十度，比起八月盛夏，森林中的氣溫還算宜人。

「各位小夥伴早安、早安——這裡是武裝科最美麗的荻通訊官！時間為清晨五點，天氣晴，溼度60%，如此適合郊遊的溫和天氣，多麼適合郊遊的溫和天氣呀！」

荻通訊官聒噪又無意義的傳話內容似乎已經成為武裝科的傳統，一部分科員翻翻白眼，也有些科員彷彿緊張感被化解般的笑了。

白火倒是相當欽佩這女人竟然沒有被革職。

如前日會議所言，本次部隊分成三組，身為狙擊班的路卡已經前往至高點準備爆破北口。身為主力軍的白火、雪莉、該隱以及暮雨，則是於南口待機。

清晨的森林稍嫌寒冷，白火每呼吸一次就有種體溫被奪走的錯覺。

「沒有看見政府軍的人呢……」她張望一下四處，只看見武裝科的漆黑制服。

「反正人家從頭到尾都沒有相信過那群傢伙。」雪莉冷哼了一聲。

本次聯合的世界政府友軍持續失聯中，這塊缺將由事先調動過來的掩護部隊負責彌補。大多科員也沒有特別突出的反應，看來大家老早就做好最壞的心理準備了，放鴿子的走向也是其中之一。

儘管還沒正式開始進擊，時空竊賊應該也已經察覺空氣中的硝煙味才對，白火繃緊神經，希望本次作戰也能平安落幕。

「我的維納斯，用不著擔心啦，有我在呢。」該隱湊了過來，今天他總算換上武裝科的制服，剪裁精細的布料貼上他的身材倒也有幾分合適。

「該隱，我聽說你是純種，是怎麼樣的能力呢？」

「這個嘛——雖然打擊犯罪派不上用場，不過絕對可以保護大家的喔。必要時刻就放心的逃進我懷裡吧。先別談這種一點也不和平的話題了，今天結束後，就我們兩個去喝杯茶吧？」

不行，完全沒辦法和這個人溝通，白火放棄了，只能聽命原地待機的她偷偷瞄了遠方的暮雨一眼。暮雨露出作戰時總會出現的冷冽眼神，然而她能絲絲察覺到，那祖母綠的眼瞳帶有異於平日的肅穆與警戒。

清晨五點半。身為狙擊班一員的路卡抵達森林至高點的懸崖口，軍靴陷入腳下的濕潤土地，清晨的朝露沾濕衣服。慶幸的是沒起什麼風。

懸崖兩旁被茂密植物所遮掩，可說是絕佳的隱密地點。此處距離地面的廢棄工廠北口約莫九百公尺左右，透過望遠鏡可以瞥見北口的建築角落有著武裝科科員事先設置的炸藥。

路卡和其他狙擊班成員伏趴在地上，將半個身子探出草叢。狙擊班的成員並不多，一來能將烙印化為槍械的成員本來就占少數，二來人手一多反而礙事。

沿途上沒有看見任何政府友軍的影子，就連從高空俯視而下也不見對方的蹤影。路卡嘖了一聲，看來是被擺了一道，「這裡是狙擊班，即將進行北口爆破行動。」

「了解。」通訊器傳來暮雨科長的回應。

路卡左手手臂的玄色刺青發出薄光，數秒間光芒形成狙擊槍械。他將狙擊槍立於支撐架上固定，再次壓低身子保持射擊姿勢。一旁的狙擊班成員也保持同樣姿勢，紛紛瞄準黏附於北口各處的炸藥。

路卡透過狙擊鏡瞄準北口角落的炸藥，屏住呼吸，和其他成員一起進行倒數。

三、二、一……

成員一齊扣下扳機，數發子彈筆直的射向廢棄工廠建築。

「轟」的一聲，廢棄工廠的北口揚起一陣灰煙，炸藥的威力削鐵如泥，北口的水泥塊像煙花般朝四周山林噴散，些許星火點燃了枝葉。隨著建築物爆毀的巨響及灰霧噴湧而出，爆破的轟隆聲震動著鼓膜，棲息於森林內的鳥群一齊飛上高空。

數秒之內，廢棄工廠的北口瞬間捲入火舌中，崩塌的瓦礫揚起沙塵，視界一片灰濛。狙擊班的任務到此告一段落。

「這裡是狙擊班，北口爆破行動結束。重複一次，北口爆破行動結——」身旁的同伴話還沒說完，臉頰傳來的詭異冰涼感讓路卡打了個冷顫。

突如其來的一陣疼痛撕扯他的臉頰，緊接著是熾熱——竟然有一把刀子從腦後飛了過來割破他的側臉，再飛向前方的山頭。

「呃、啊啊啊啊啊——！」

他尚未反應過來，就聽見銳器割破衣服撕裂肌肉的聲音，身旁的同伴傳出哀號，橫倒在草叢中，沾了一臉帶血的猩紅泥濘。

聽不見武器落地的聲音，該名同伴的武器在這之前就消失了，可能性只有一種——烙印遭到了破壞。

「該死，怎麼回事啊！」

臉上的鮮血順著傷口流淌而下，背對著山崖的路卡收起烙印武器的狙擊槍，靈巧的滾動身體，轉身跳躍而起。就在他翻身站起來的數秒內，又傳來了幾聲悲鳴。

他轉身一瞪，倏地，一位姿態輕盈的女子佇立在他眼前。

這名女子留有一頭直達腰際的柔順紫色長髮，飄逸髮絲下，香檳粉色的瞳眸閃爍著神秘光芒。撇開玲瓏有緻的身材不提，這人竟然穿著不合時宜的長版連身裙。

路卡一時間以為是什麼民眾誤闖戰場，但一瞄到對方手上染血的飛刀，立刻抽了口氣，「不、不會吧……」

「你好，武裝科的年輕科員，我很遺憾必須與你們為敵。若是選擇投降的話，將不會危及各位的性命。」她一邊說道，又抽起大腿外側的短刀，握在指縫中。

事發突然，幾乎所有狙擊班成員都被擊倒在地上。

女子慢慢逼近路卡，配上那幾乎開到腰際的高衩裙及細高跟鞋，以及不動聲色的美麗面容，反而毛骨悚然的令人發寒。

——不妙！

路卡情急之下抽出大腿外側的手槍，上膛對準女子。身後就是懸崖，只要再退一步就會摔落九百公尺的山下。

「這裡是狙擊班！出現突發狀況，目前遭受不明——呃啊啊啊！」

話還沒說完，眼前又是一陣飛刀閃過路卡的耳尖，耳朵上的通訊器馬上斷成兩截。

路卡只感覺到耳朵一陣熱疼，這名女子雖沒割下他的雙耳，但也沒放過在他身上留傷的機會。

掛在耳邊的小型精密儀器瞬間淪為廢鐵，要是再去拿起倒下同伴的通訊器也絕對來不及，在這之前他就會被一刀斃命。

完全中了陷阱，路卡可不記得時空竊賊擁有這麼高超的戰鬥技術。他持續拿槍口對準前方的女子，一手抹去臉上直流的鮮血。

女子的黑影隨著長裙擺盪，有影子，不是烙印者——不對，路卡瞥見了對方大腿外側那若有似無的黑色刺青。

「……妳是政府的人？」這下別說是被放鴿子，反倒被咬了一口。

「不是，和世界政府無關。」女子搖搖頭，長至腰邊的紫色髮絲彷彿波浪般飄揚起舞，「我是——AEF的榭絲卡。」

★※★◎★※★

漫長等待的同時，一陣轟隆巨響傳到白火的耳際，下一剎那，聳立著的廢棄工廠的另一端飄出陣陣白煙。

是爆破聲，狙擊班炸毀了廢棄工廠的北方出口。

成功了嗎？白火震驚的吸口氣。

詭異的是，隨著硝煙裊裊上升，五秒、十秒、一分鐘……狙擊班卻遲遲沒有傳來任何後續音訊。

雖說武裝科為了避免森林大火而事先改良過炸藥，但眼見北口的爆炸火焰及煙霧逐漸蔓延，沒有得到指令的主力軍和掩護部隊則動彈不得，白火手心不免冒出冷汗來。

「怎麼回事？」等太久了，暮雨皺著眉頭問道：「狙擊班，出了什麼事？」

「啊……啊啊啊啊啊啊——！」路卡的悲鳴聲透過通訊器刺進眾人耳裡。

「路卡？」暮雨難掩鎮靜的低吼一聲：「狙擊班，怎麼了！」

通訊斷了，只剩下雜音，再也沒有回應。

「荻通訊官，到底出了什麼事？」白火倒吸一口氣，轉而向本部的荻深樹求救。

位於管理局本部待機的通訊官擁有各軍配戴定位系統的畫面，要是狙擊班遭受襲擊的話，絕對能在第一時間轉告所有人。

但是現在連荻深樹也沒有回應，到底出了什麼事？

「荻通訊官！荻通訊官……嘖。」暮雨也重複呼喚幾次，沒有反應。

失去通訊官聯繫的武裝科登時眼前一暗，亂了陣腳。

「掩護部隊，立刻前往狙擊班所在處進行支援。主力軍待機，下達指令前禁止輕舉妄動。」暮雨趕緊施下指令。

施令後，成員們開始行動，一部分成員率先離開廢棄工廠南口，迅速前往山上。軍靴陷進泥土的聲音，草木吹動的聲響接連交錯，刺激白火的耳膜。

——到底……發生什麼事了？

★※★◎★※★

荻深樹穿著通訊官的紅制服，獨自坐在通訊情報室的座位上，快速敲打著鍵盤。眼前羅列著大小不一的電腦螢幕，透過各軍配戴的定位系統和小型錄影機所傳來的畫面，荻深樹確認科員們各自就位後，深深吸了口氣：「各位小夥伴早安、早安——這裡是武裝科最美麗的荻通訊官！時間為清晨五點，天氣晴，溼度60%，如此適合郊遊的溫和天氣，多麼適合郊遊的溫和天氣呀！」

精神喊話完畢之後，她自認為滿意的點點頭。總覺得畫面另一端的白火和路卡好像正在翻白眼，應該是自己多心了。

「這裡是狙擊班的路卡，即將進行北口爆破行動。」

「了解。」

通訊器傳來狙擊班路卡和主力軍暮雨的聲音，數秒後，廢棄工廠的北方果然傳出轟響及白煙。監視畫面一陣模糊，荻深樹驚呼了一聲，這槍法還真神準。

「不過要是近身戰的話，路卡小夥伴好像會被秒殺耶，畢竟他弱成那樣……算了，反正不干我的事……咳咳！這裡是本部的荻通訊官，狙擊班已成功爆破北——」

話才說到一半，荻深樹馬上閉上嘴。

眼前的電腦螢幕畫面竟然全部變成黑色，通訊器也斷了音訊。

「咦、咦，怎麼回事？」她還來不及反應，聲音就被通訊器的雜訊打斷了，荻深樹又不放棄的加大音量：「喂，喂？這裡是荻通訊官，哈囉？聽得見嗎——？」

「啪擦」一聲，短路的電子音透過耳機差點刺傷荻深樹的耳膜。

擔任通訊官一職也有數年，她還是頭一次遇到這種情況。畫面全暗，通訊中斷，就算是管理局停電，情報室也會有獨立的電源運作，絕對不可能發生斷電狀況，所以說到底怎麼回事？

彷彿回應她的疑問般，通訊情報室的自動門竟然「刷」的一聲滑了開來，只見一道銀白色的身影徐徐晃進室內。荻深樹嚇得回頭一瞪。

「您好，您就是武裝科的通訊官荻深樹小姐吧，初次見面。」

有著一頭蓬鬆草綠色短髮的少年走了進來，禮儀端正的朝電腦座椅上的荻深樹深深鞠躬。

稍高的寬領口遮住少年的嘴巴，反倒讓少年紫水晶般的瞳眸更加亮眼。仔細一看，無機質機械耳罩遮住少年兩邊的耳朵，機械天線彷彿觸角般順著耳罩矗立而上。

少年身穿一身銀白色服裝，荻深樹發現這孩子的皮膚表層甚至時不時浮出一層若有似無的機械電路板圖騰。

荻深樹驚恐的整個人蜷縮到椅子上，「你、你誰啊！怎麼進來的？」

因應各種作戰，通訊官的通訊情報室可是有著嚴密的防衛系統，當然也備有警衛兵力，這小鬼是怎麼突破防護網闖進來的？

「您好，我名為DWN No.010。」

「空、空氣人？」千年以前的經典名作她也是有涉獵的。

「本名為尼歐・哈比森。可以稱呼我為尼歐或者十號，非常感謝您的合作。」

「那、那就尼歐小夥伴好了，你好，我是荻通訊官……不對！白痴！我在幹嘛啊！小鬼，你是怎麼進來的？這裡的防衛系統可是很嚴密的耶！」

「稍微改變了一下虹膜構造。」

「虹膜？虹膜？」

通訊室的防衛機制其中之一就是虹膜認證系統。

先別管眼前這名少年是怎麼改變身體構造的，防衛機制的生體認證都是通訊官的虹膜，唯有通訊官本人才可進入情報室——換句話說，這個叫尼歐的小孩擁有她的虹膜數據？從哪裡拿到的？

「眼珠，人家的眼珠……很好，還在還在。」荻深樹再三確認自己的眼窩裡沒有少什麼東西，卻突然隱約感覺到眼睛有點痛，該不會有人趁她在睡夢中時對她的瞳孔動了手腳吧？

「啪擦、啪擦——」

耳邊通訊器傳來的雜訊音量變大，荻深樹這下大概也猜出來了，讓畫面消失、干擾通訊的凶手就是眼前的這位少年，尼歐。

時空管理局武裝科通訊官荻深樹，此刻正面臨比劫機還聳動的恐怖攻擊。

荻深樹嘖了一聲，通訊器遭受干擾，但其他線路的聯絡電話應該沒事才對。她趕緊椅子一滑，拿起桌子角落的聯絡聽筒。

「這裡是本部的荻通訊官，通知全管理局，通訊室遭不明人士入侵。重複一次，這裡是荻通訊官！大事不妙啦，通訊室遭人入侵，迅速請求本部成員支援——嗚哇哇哇哇哇！」

話還沒說完，一道影子閃過，名為尼歐的少年竟然飛步跳到她眼前，砍斷了緊急聯絡用電話。

用什麼砍斷的？當然是用手——尼歐五指併攏的手掌居然在數秒內硬化變色，化為銀色刀刃，直接將荻深樹手上的無機物劈成兩半。

「生、生化人？！喂，小鬼，別隨便亂揮，出人命你要怎麼賠啦！」

「對不起。」

「竟然坦率的道歉了！」

——為什麼電影裡才有的生化怪物會跑來管理局啦！

沒辦法求救，通訊器全掛，先別管遲遲等不到通訊指令的武裝科最前線了，她該不會真的得死在這裡了吧！

沒辦法了，荻深樹用掌心滑過左手手臂，烙印的光芒穿透制服浮現而出，光粒子漸漸在她手上化為一把護身用的短刀。

「事到如今也只能放手一搏了，身為武裝科成員，我好歹也是堂堂烙印者……該有的武器可是不缺喔！」雖然很弱就是了，她虛張聲勢之餘暗自補了一句。

管理局武裝科成員均為格帝亞烙印者，身為非戰鬥人員的通訊官荻深樹當然也不例外。然而，當初她被納入諜報組的原因就是實戰技術差強人意，說來慚愧，這種玩具小刀等級的武器根本派不上用場。

——總之還是試試看吧！對方只是個小鬼……

荻深樹反轉刀子，像是飛鏢一樣把小刀射了出去。刀尖刺上尼歐的肩胛，發出一聲清脆的金屬音。

這顯然不像是刺到肉身該有的現象。

「哇塞，被彈走了，竟然被彈走了……小鬼，你身體是鐵做的嗎？」

「主要為碳化鎢合金。」

「見鬼，真的假的啊！」雖然不太懂，但聽起來好像有點厲害！

「荻深樹通訊官，請放下武器吧，我無意於對您做出傷害。」尼歐的眼睛眨都不眨一下，筆直的看著前方，「我的工作僅是妨礙管理局的通訊機能，如此而已。」

★※★◎★※★

難得職大夜班的芙蕾伸了個懶腰。清晨五點半，再撐一下就是下班時間，分析資料也差不多告一段落，接下來只要存檔關電腦就可以回去睡覺了。

「對了，安赫爾的硬碟……差點就忘記拿了。」

她忽然想到安赫爾委託的私人事務，目前已經著手到一半，儘管委託人沒有透露硬碟的來源，但想也知道這絕對不是什麼能夠見光的東西，因此這陣子芙蕾只好隨身攜帶著硬碟，片刻不離身。

她每次在家裡還原硬碟時也會再三確認電腦系統狀態……等等，電腦狀態？

「……艾米爾、艾米爾，你過來一下！」

同樣值夜班的艾米爾走了過來，「怎麼了，芙蕾小姐？」

「你看這裡。」芙蕾操作了一下鑑識科的電腦系統畫面，雖然一瞬間系統狀態顯示異常，然而就在下一秒，電腦螢幕立刻跳回了正常畫面。

有點不對勁，芙蕾二話不說切斷電腦系統運作，並通知其餘所有的鑑識科科員關於電腦的異狀。

「話說回來，現在正好是武裝科執行任務的時間對吧？」她順勢問了艾米爾。

「清晨五點半……是的，沒有意外的話，目前武裝科正在和政府友軍一同作戰。」

「我有股不好的預感，艾米爾，你去武裝科那裡看一下好嗎？」

「我知道了！」艾米爾不疑有他的點點頭，快速奔向武裝科的樓層。

芙蕾皺起眉間，竟然侵入時空管理局的電腦，世界政府再怎麼厭惡管理局也不會如此明目張膽。如此一來，她只能想到另一個對象——反時空管理局武裝組織，ＡＥＦ。

★※★◎★※★

清晨五點四十分，等待使每分每秒都拉長距離。明明十分鐘前狙擊班才成功爆破了廢棄工廠北口，白火卻感覺度日如年。

路卡的悲鳴還迴盪在耳際，掩護部隊已前往山腰進行救援，然而通訊器的雜訊問題依舊沒有解決。暮雨科長沒有下令，此時只能原地待機。

夏日豔陽升得早，已經照亮了森林，溫度稍稍升高，白火抬首望了眼陽光灑落的森林，樹影斑駁搖曳。反倒是自己腳下，看不見影子。武裝科的人沒有一人擁有影子。

通訊器的雜訊和廢棄工廠北方傳來的火焰燃燒聲，「嗶嗶剝剝」在她腦門響著。

「這裡是荻通訊官。」

這時，通訊器的雜訊消失了，荻深樹的嗓音傳入所有科員耳中。

「狙擊班已爆破北口，請主力軍突入。重複一次，狙擊班已爆破北口，請主力軍突入。另外，請注意四周是否有伏兵。」

「荻通訊官，出了什麼事？」暮雨低聲追問：「狙擊班目前狀況如何？還有通訊本部出了什麼異狀？」

「狙擊班和通訊本部均遭受不明人士襲擊，目前均已脫離警戒。然而通訊機能依舊有一部分遭受妨礙，現場判斷就拜託你啦，暮雨小夥伴。」

「……我知道了。」

「那麼就交給各位囉——」荻深樹結束了通話。

或許是狀況不容許鬧兒戲了，通訊另一端的她一改平時的荒誕，冷靜的做出聯絡。

狙擊班和通訊官都遭受襲擊，世界政府友軍遲遲沒有出現，廢棄工廠內部的時空竊賊也不聲不響……究竟是怎麼回事？

通訊器暫時是恢復功能了，就算無法仰賴荻通訊官的指示，各科員也能使用基本通訊功能才對。

暮雨再次確認四周無礙之後，下達指令：「主力軍開始行動，正式進入廢棄工廠內部。謹慎行動，注意埋伏的可能性。」

經過漫長的等待，白火一行人終於開始原定作戰計畫。

缺少了掩護部隊，人數漸少的武裝科科員放慢腳步，緩緩朝廢棄工廠入口邁進。原本預想的戰況相當樂觀，現在卻變得撲朔迷離，照這情況，撤退也不無可能。

白火踩過濕潤的泥土地，正當一腳跨進廢棄工廠入口時，竟然聽見了時鐘走動般的滴答聲。

入口角落的草叢中閃爍著倒數計時器的紅光。

「——是陷阱！退後！」身旁的雪莉連忙抓著她的肩膀往前一撞。

穿著長靴的雪莉跳躍力驚人，白火還來不及反應就被扔到了入口遠方的水泥地上，四肢關節服貼的撞上堅硬的地面。

下一秒，爆炸聲四起。

入口爆出和剛才北口如出一轍的火花與煙霧，火舌將碎石塊炸得沖天而起，頭頂的鋼筋支架瞬間瓦解，伴隨炸藥蒸騰翻滾而出。武裝科科員驚慌失措的悲鳴聲四起。

「該隱，快點！」

「我知道了！」

該隱攤開右手手掌，露出手心的烙印，光芒以他為中心洋溢而出，一道彷彿薄膜的透明外殼擴散開來，阻絕了隆聲四起的爆炸與火花。

灰煙瀰漫的視線中，白火竟然在這種危急時刻見識到了該隱的純種烙印能力，是類似結界的保護罩。

爆炸規模被該隱設下的結界彈了開來，紛紛化為零散星點打上洞口邊緣，原本會被水泥塊砸個正著的白火咳了幾聲，驚慌失措站了起來。

「可惡，被擺了一道……沒事吧，白火！」該隱用手擋住迎面而來的煙霧與強風，衣服與頭髮和白火一樣沾滿了硝煙與瓦礫。

「沒事，謝謝你。其他人呢？」

「好在反應快設下了防護網，大家應該沒受什麼傷……但是多虧那一炸，入口處被堵住了。」

白火這下才有閒暇整理現況：突如其來的爆炸炸毀了入口，雖說該隱及時擋下了攻擊，部隊卻因此被隔絕了開來。大部分的科員在入口外，少數人則是像她一樣被爆風吹進了廢棄工廠內。

坍塌的入口像是岩石堆成的小山似的，從石縫中依稀能瞥見外頭森林的微光。

「原本是想從北邊堵住時空竊賊的生路，現在反倒是我們成為甕中之鱉啦。」成功救了所有人的該隱不見一絲喜色，懊惱的聳聳肩。

白火看了一下四周，該隱和暮雨科長都被吹進了工廠內。幸好通訊器還在，工廠內部照明也沒有被炸壞。

「等等，雪莉呢？」白火這時才發現剛剛及時把自己推離爆炸範圍的雪莉不見了。

「被吹到外面了。」該隱回答。

「大家沒事吧——暮雨先生，人家的暮雨先生呀——」

透過幾近山崩的水泥塊小山，白火聽見入口外頭傳來了雪莉的高聲呼喊。

太好了，看來沒有受傷，要是救了自己一命的雪莉反倒被壓在水泥塊下，她想必會自責到不知所措。

情況急轉直下，僅僅在數秒間，武裝科竟然處於劣勢。隊伍被阻斷到如此地步，看來是無法進行本次作戰了，何況現在他們還被關在出口封死的廢棄工廠裡。

暮雨臨危不亂的開啟通訊，方才故障的通訊器似乎再次恢復了正常，他立刻下達指令：「主力部隊，聽得見嗎？我是暮雨。本次作戰已無法繼續執行，同時失去荻通訊官與狙擊班的聯繫。目前已向本部發出求救信號，主力部隊全員原地待機，等待救援，嚴禁擅自行動。」

妥善下達指令後，他按著皺起的眉間，難得發出嘆息，「到底是怎麼回事……」

北口與南口分別被炸毀，誰也逃不出去，若是強行移開入口的石塊，甚至還有坍塌的危險性。

時空竊賊的據點幽靜得讓人發毛，感受不到任何生氣，這裡真的藏匿著竊賊嗎？

作戰前獲得的指示與毫無疑點、精細縝密的情報，協力的政府友軍也相當配合，因此才有辦法進入執行階段；然而現在，下令聯合攻擊卻遲遲不見人影的世界政府、生死不明的狙擊班、派遣去救援卻失聯的掩護部隊、遭到入侵的通訊本部，以及……彷彿老早就預料到武裝科作戰計畫的爆炸攻擊——

「莫非……從一開始就是個圈套……」

白火的聲音微小，吐出的揣測分量卻重得驚人。

但是，是誰？

世界政府有可能如此明目張膽的對管理局做出攻擊嗎？

「……ＡＥＦ。」沉默良久，暮雨瞇起祖母綠色的眼瞳，「ＡＥＦ，除此之外沒有其他可能了。」

反伊格斯特武裝組織，ＡＥＦ，諾瓦爾和陸昂所屬的神秘組織。

「可是，諾瓦爾前陣子不是才幫過我們嗎？」白火確實也有懷疑是ＡＥＦ搞的鬼，但是心裡對諾瓦爾的情誼依舊讓她產生了動搖。

「個人行動並不代表組織立場，妳可別忘了，當初ＡＥＦ可是襲擊了管理局。」暮雨看了她一眼，「況且把妳抓來公元三千年的凶手，正是那個紅髮貓眼。」那個得心應手操控時空裂縫的辮子男和紅髮貓眼——尤其是諾瓦爾，早知道之前就該殺了他，根本不該留什麼情面。要是當時能狠下心來，如今也不會落到這番慘況。

「暮雨，剛調回來的我是不太清楚什麼ＡＥＦ啦，總之這次就是被他們耍得團團轉對吧？」該隱靠在石灰斑駁的牆上，ＡＥＦ的傳聞他稍有耳聞，就是個在他調離期間屢次找管理局麻煩的奇妙組織。

該隱接著問道：「只不過，如果ＡＥＦ是真的想擊垮管理局，像之前那樣闖入局裡不就好了嗎？我看了一下前陣子的報告書，那個叫陸昂的辮子男似乎輕而易舉就混進來了的樣子？」

「……不，我想ＡＥＦ另有其他目的。」暮雨猶豫片刻，終於低聲說：「像是妳，白火。」

「什麼？」白火愣住了幾秒。

「ＡＥＦ——諾瓦爾的目標可能是妳，白火。」

暮雨才剛語畢，武裝科的通訊器竟然再次傳來了聲音。

「這裡是荻通訊官，這裡是荻通訊官！」

荻深樹清亮的嗓音隨著她獨特的語調透過通訊耳機傳入眾人耳裡。

「聽得見嗎？各位小夥伴，目前戰況如何呀？」

然而，荻深樹平時明亮的聲音，如今聽起來反而讓人頭皮發麻。

「你把荻通訊官怎麼了？」暮雨按壓住掛載在耳上的通訊耳機。

「——請朝工廠深處前進吧，武裝科。」

下一剎那，荻深樹的聲音竟然扭曲變形，化為了略帶中性的少年嗓音。

白火聆聽著耳機傳來的少年聲音，那聲調明明是發自人的聲帶，卻猶如機械般寒冷的不帶任何溫度。

被識破了就乾脆原形畢露嗎？

通訊器另一頭的少年又重複了一次：「荻通訊官的死活取決於你們，請按照指示朝工廠深處前進，武裝科。」

06 諾瓦爾的提示

通訊室內的荻深樹兩隻腳縮在椅子上，投降似的高舉雙手。先前射向尼歐的格帝亞烙印短刀也是班門弄斧，她相當羞愧的收起來了。

現今這副模樣說多狼狽就有多狼狽，如果地上有洞，向來厚顏無恥的她也會二話不說鑽進去躲起來。

「這裡是荻通訊官，這裡是荻通訊官！各位小夥伴，目前戰況如何呀？」

荻深樹眨眨眼睛，又眨眨眼睛，只見這個名為尼歐的生化人搶過她的通訊器，連清喉嚨也沒有就改變了聲調與音色，神態自若的開始和暮雨進行對話。原來生化人也內建某位名偵探小學生的變聲領結。

雖說尼歐的變聲馬上就被暮雨識破了，荻深樹還是不免嘖嘖稱奇，「哇塞，小鬼，你竟然還能變聲喔……」

「是的。」

「而且語氣學得滿像的耶，不錯不錯。」

「謝謝。」

「好厲害喔，怎麼辦到的啊？」

「商業機密。」

不行，完全沒辦法溝通，荻深樹聊到這裡決定乖乖閉上嘴，動不動就欽佩敵人的她應該會被暮雨科長掐死吧——前提是她活得到那個時候。

「小鬼，你把暮雨小夥伴他們引進工廠裡做什麼？抓起來吃掉嗎？」

「僅是服從命令而已。」

「嘎？」

「我的任務就此結束，相當感謝您的配合，荻深樹通訊官。那麼在此祝您有個美好的一天，我就先行告退了。」尼歐緩緩退到門口，深深一行禮，從容斯文的穿過自動門離開了。

這場景實在是讓荻深樹嚇得眼珠子差點掉出來，所以再強調一次：尼歐朝她鞠了個躬，然後溫順的離開了。

「走了？就這樣走了！」荻深樹放下投降的兩隻手，這生化人小鬼還保有仁慈，竟然沒有將她五花大綁，「接、接下來該怎麼辦才好啊……」

逃過死劫的她癱軟身子，差點從電腦椅上滑了下來。太好了，還活著，沒有被生化人的鋼筋手臂穿成串燒。她如花又似玉，竟然也沒被劫財騙色，一切真是萬幸萬幸。

尼歐說他是來妨礙通訊的，果真一點也沒錯，情報室的電腦機能與通訊器全毀，不時發出「嗶嗶嗶」的電子故障音。荻深樹深深吸了口以為差點再也吸不到的空氣，重新挺直背脊，開始修復電腦系統。

尼歐漫步於通訊官情報室連接武裝科部門的特殊走廊，沿途穿過數名趴倒在地的警衛。警衛們雖遭受重擊陷入昏迷，卻沒出現流血與嚴重外傷跡象。

尼歐看也不看昏迷倒地的傷患們一眼，盯著前方邁進。

「報告梅菲斯先生，已完成指示，目前將回到ＡＥＦ本部。」尼歐透過耳罩的通訊器，如此說道。

「沒有人受傷吧？」

「是的，伊格斯特本部並無任何死傷。」

「謝謝你，尼歐。回來吧。」

「明白了。」

和名為梅菲斯的男子通訊完的當下，尼歐正好穿越整條走廊，來到武裝科部門。

本次作戰武裝科科員幾乎全員參與，留下來待機的數名科員也和方才的警衛一樣暈倒在走廊上，辦公室內空蕩蕩的了無生氣。

正當尼歐打開窗戶，打算直接從三樓跳躍而下時，門口傳來了慌亂無章的腳步聲。

一位金髮少年大步跨越階梯衝了進來，是艾米爾。

艾米爾撞見有不明人士闖入內部，旋即拿出手槍抵向前方，「不准動！」

「……」尼歐回瞅了他一下，眼神雖沒有情緒，卻相當乖巧的停在原地。

艾米爾迅速掃視遠處一圈，驚覺有不少局員倒地暈眩的慘況，「你是誰……這是怎麼回事？」

尼歐僅用眼尾掃了艾米爾一眼，「您是，艾米爾少爺。」

「等等，你為什麼……知道我的名字——」

「老爺相當期待您的表現，艾米爾少爺。那麼先行告退了。」

「慢、慢著！」

話還來不及說完，尼歐身子一晃，俐落的從窗口跳了下去。

艾米爾立刻衝向敞開的玻璃窗前確認，僅僅轉瞬，底下竟空無一人。

★※★◎★※★

睡魔襲向白火的知覺神經，這種節骨眼下竟然還有睡意，她反而覺得有點奇妙。

白火、暮雨和該隱，被爆炸吹進工廠內的只有他們三個人。南北兩個出入口均呈現封死狀態，本應該是原地待機等待救援才對的，如今卻只能乖乖聽命朝廢棄工廠深處前進。若是他們不按照指示行動，難保本部的荻深樹的性命安全。

工廠內部走廊筆直的朝深處延伸，途中沒有岔路。順著薄弱光源一望而去，可以略微瞥見工廠內部的廢棄起重機和輸送帶。建築內部處處結滿了蜘蛛網，拜剛才的爆炸震盪所賜，遍布碎砂石的地面崎嶇不平。

稍早由於兩邊出入口被爆破的緣故，遭受震動波及的工廠內部塵埃四起，小型機械傾倒一地，所幸沒有坍塌危險。工廠內部空氣混濁，可以用肉眼看見懸浮在空氣裡的塵埃粒子。

三人來到工廠深處的巨大四角形空間，一眼望去，破損的鐵箱與機械零件零星散落在輸送帶上，高度約莫十公尺的天花板下傾漏著不知是水還是油的液體，滴落至地面，形成一塊塊不規則的小水窪。

白火順著彷彿蛇身般扭曲的廢棄輸送帶望去，只見早已停止運作的黑色軌道蜿蜒旋轉，蔓延到盡頭分支的小房間裡。目前已經按照剛才的通訊器來到工廠深處了，他們還是別輕舉妄動的好。

雖說這裡的空間還算寬敞，然而直到管理局的救援到來之前，他們仍是無處可逃的甕中之鱉。

途中沒有遇見任何人，時空竊賊的據點果真是個幌子。如果暮雨說得沒錯，本次作戰是ＡＥＦ設下的圈套，那麼在這深處的會是諾瓦爾嗎？

「果然。」走在最前頭的該隱突然停下腳步，用下巴點了點前方，「雖然我還沒親眼見過ＡＥＦ的恐怖分子們啦，但一看就知道不是什麼好東西。」

白火一瞬間就懂他在說什麼了——不遠處，身穿白紫色交織長袍的黑髮青年從高處一躍而下，輕巧的降落在他們面前。

落地的同時，陸昂手臂上的格帝亞烙印發出光芒，化為軍刀出現在他手上。他甩著刀柄走上前，好一個氣勢凌人的開場。

「日安呀，伊格斯特的戲班子們。」理所當然會出現的陸昂用長袍衣領遮住了一臉嘻笑的白牙，他一看見該隱，稍稍驚訝的接著道：「哦，新面孔？這次多了個模特兒小生呀？請多指教，我是ＡＥＦ的陸昂。」

這男人會現身完全是在預料之內，白火面不改色的問道：「陸昂，你們的目的到底是什麼？」

艾米爾受傷的那次也是，被影獸追著跑的時候也是，然後現在又來個工廠禁閉……白火戒忌的瞇起眼睛，只要這人一出場就絕對沒好事。

陸昂笑露出潔白的牙齒，「其實不是妳，白火姑娘。」

「什麼？」

「我們這次的目的——是旁邊那位科長小哥呀。」

銀色閃光化為箭矢橫飛過暮雨的腦際。

白火還沒反應過來，只見暮雨的烙印鐮刀竟纏滿了蜘蛛絲般的銀色細線。細線拉扯得筆直，順著銀線的源頭看過去，果不其然，遠處的廢棄起重機上方佇立著另一個人影。

酒紅色的蓬鬆微捲髮，貓眼般的蜂蜜色瞳眸，剪裁合身的西裝與黑木短杖。人影一手壓低頭上的黑禮帽帽簷，姿態優雅的彎身敬禮，指節上掛著的細線格外醒目。

暮雨面色凶狠的低吼：「諾瓦爾……！」

「好久不見了，暮雨、白火，真是個美好的早晨。」

這種密閉空間根本看不見什麼鬼早晨，諾瓦爾深知自己的口頭禪確實不太合乎此時的場面，「抱歉，習慣了嘛。」苦笑了幾聲。

儘管神情因笑容而柔和了幾分，他手上的操偶線倒是絲毫沒鬆手，隨時都能把暮雨的鐮刀扯過去。

「科長！」白火驚魂未定的瞪著站在至高點上的諾瓦爾，那個似曾相識的琥珀色瞳孔。從前的援助如今對她而言只感到莫名惶恐，她還記得諾瓦爾曾說過「還有一段時間才能再見面」，莫非就是指現在這種局面嗎？

還有藏在她制服底下的，諾瓦爾交給她的藍寶石項鍊。

這個屢次私下協助她的青年，這回完全變成了敵人，白火絲毫無法探透他的真意與底細，不由得驚惶了起來，「諾瓦爾，你到底是……」

「畢竟我是ＡＥＦ的人嘛，拿人手短，薪水難賺。」諾瓦爾瞥了一眼起重機下方的陸昂，「而且沒辦法，誰叫我和這貓咪狂熱者是搭檔呢。」

「眼神可別這麼狠毒嘛，白火姑娘，我們也不是喜歡才幹這等勾當的。在人手下做事就是這點虧，還請妳見諒。若下輩子還有緣分，我們就一笑泯恩仇吧。」

「……喂，這是怎麼回事？這些傢伙不是有影子嗎？」該隱這時察覺到了異狀，廢棄工廠內部雖然光線微弱，但勉強還是能瞥見陰影。陸昂和諾瓦爾明明是烙印者，卻有著影子。

「這年頭科技發達嘛。」陸昂丟出一句意義不明的話語，坦蕩蕩的露出右手手背上的刺青。一條黑蛇從手背往上攀住他整隻手臂，那與其說是格帝亞烙印，不如說是蛇紋圖騰。

他反轉一下軍刀，輕佻的躍起一小步，在空中劃了個圓弧。沒有砍到任何東西，斬開空氣的刀鋒發出咻咻的聲響。

又來了，白火早就見識過這辮子男的拿手絕活。這下是第三次了。

「白火姑娘、模特兒小生，我是想留你們下來呀，不過上級要的是旁邊那位科長小哥，所以——還請你們先安分點囉？」

被軍刀撕裂的空間化為一道黑色裂痕。空間裂痕朝兩端擴展，強勁風壓自刀口傾洩而出，隨著裂縫開闊到接近兩公尺的寬度，強風緊接著轉為了吸力。

是人造時空裂縫。

時空裂縫理論，一出現必定成雙成對，分為出口與入口。然而人造時空裂縫就不是這麼一回事了，按照這吸力，陸昂這次創造出來的是入口。任誰都猜得出來這代表了什麼，他打算把白火和該隱一舉吸進黑洞裡。

遠方的暮雨還在和諾瓦爾保持膠著。

廢棄工廠裡，戰線一分為二。

「我就偷偷告訴你們吧。」陸昂訕訕的笑了，黑色眼珠搖曳著詭異光芒，他晃動手背上的毒蛇圖騰，和諾瓦爾頸子上如出一轍的黑紋，「這刺青呀，咱們稱之為——『人造格帝亞烙印』喔。」

★※★◎★※★

路卡的臉頰與耳朵的傷口淌出鮮紅血滴。

不只是臉和耳朵，定睛一看，他的小腿在數秒內也被割出一道血如泉湧的傷口，失去足以站立的支撐，他無法忍受疼痛的跪倒在地。

別看那個叫榭絲卡的女人手臂細得像是一折就斷，行事作風卻意外的心狠手辣。

「投降吧，我不想見血。」名為榭絲卡的女子如此說道。

「這句話等妳先看看我腿上的傷再說吧？」路卡哼了一聲，依舊持槍對準榭絲卡。

子彈和飛刀，論速度而言確實是他占上風，然而路卡不敢胡亂開槍，眼前這位恐怖分子可是以迅雷不及掩耳的速度打倒了狙擊班成員，說不定他在扣下扳機之前就會被割斷喉嚨。

身邊倒地的狙擊班成員雖說沒有生命危險，但各個失去了知覺。負責支援的掩護部隊還沒趕來，加上腳上的傷口，路卡不知道自己還能撐多久。

——這個名為榭絲卡的女人來自ＡＥＦ……和之前的紅髮貓眼及辮子男是同夥？換句話說，另外那兩個恐怖分子也在這座森林裡嗎？

路卡還來不及反應過來，只發覺負傷的右腿一滑，整個人失去重心往後仰——那個叫榭絲卡的女人竟然在他閃神的剎那又丟來了一把飛刀。

「不、不會吧……」見鬼，來真的啊！

完了，身後差不到兩步就是懸崖，路卡感覺背後一涼，從懸崖底下傳來的風壓竄到了骨髓裡。

他腳底一空，踩不到任何東西。

「不是說不見血嗎！妳這個女騙子——！」他以腦殼朝下的姿勢墜落，對著懸崖上的榭絲卡破口大罵。

高度九百公尺下方傳來的強風蓋過他的怒吼聲，懸崖上的榭絲卡身影想當然耳是漸漸化為一個小點。這後仰墜落的角度，正好可以瞥見隨風搖曳的長裙布料之下，榭絲卡的美腿若隱若現，以及大腿上的玄色印記。

路卡的身軀化為單薄紙片，摔下懸崖。

這種陡峭高度，又處於腦袋瓜子朝地的後仰狀態，多半連遺言都不用交代了就能直接蒙主寵召。

受了傷而來不及彎縮的小腿撞上沿途的樹幹，發出樹幹連帶枝葉折斷的聲響，路卡痛得連哀號也出不了口，喉嚨乾熱的發不出任何聲音。他甚至感受到風聲在吹拂著他宛如落葉般飄零的生命。

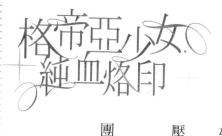

當短暫人生差不多要走到盡頭時，他隱約察覺到下方傳來了有別於強風的某種特殊壓力——是翅膀。

等等，翅膀？

大約二點五公尺長的墨綠色片翼掠過他的眼尾，俐落的滑了個迴旋。下方出現了一團墨色陰影。

路卡持續向下墜落，就在即將要摔成碎泥時，身體跌進了那團墨綠色的陰影裡。

「……嗚！」

重力加速度差點讓路卡摔斷脖子和脊椎，但總比摔到山腳全身變成爛泥好。滾了幾圈，臉部朝下的他埋在這團陰影裡——不，不是陰影，這觸感粗糙得彷彿無毛的動物外皮，還能感覺得到堅硬的骨骼形狀。

路卡忍下痛楚，慌亂的抬起頭來，只見一對翅膀攤開於兩側滑翔飛行，接著朝前方望去，可以看見類似脊椎骨的骨骼形狀朝前方蔓延，再來是後頸，沿著最上方一看，是彷彿牛角般彎曲的黑青色龍角。

墨綠色的龍，他就坐在龍背上。公元三千年裡不太可能會出現的奇妙光景。

「朔月？你怎麼在這裡！」路卡一看見那標誌性的龍角，立刻呼喚對方的名字。

「人手不夠，調動支援。路卡，沒事吧？」朔月沒有回頭，一面振翅、一面說道。

朔月是被時空裂縫帶到公元三千年世界的異邦種族，平時都以人形姿態現身，要不是化為龍形的緣故，他的聲音比平日來得低沉。

是頭上那對角太過醒目，路卡早就忘記自己的同事真身是隻飛龍。

前一刻還在切身體會生命稍縱即逝的路卡，現在渾身虛脫，攤軟在朔月身上，眼窩一陣熱。

「朔月，要是沒有你，我、我、我……」路卡吸了吸鼻涕與眼淚，他說不下去了。

「不用客氣，路卡，是我的朋友嘛。」

「嗚，朔月，整個管理局就你對我最好了……」其他武裝科的同事盡是沒血沒淚的混蛋。

「掩護部隊的其他人稍後會趕到。大家，沒事吧？」

「……啊，那個女騙子！」路卡這下又想起那個叫榭絲卡的女人還在懸崖上，「朔月，再飛上去一次，ＡＥＦ的人在上面啊！其他被打暈的同伴也還在那裡！」

「好是好，可是，你又被打下來的話怎麼辦？」

「不要烏鴉嘴！總之快點上去啦！」

「我知道了。」

依照朔月本人所言，在龍族裡他還算是幼龍，但也是足以背負兩個成年人左右的體積了。路卡真想知道那所謂的「成年龍」究竟是有多大隻，十層樓高嗎？

在森林內移動能力受限的朔月翅膀一振，來個迴轉，重新升上高空。高度到達一定指標，路卡朝懸崖的方向一看，倒地的同伴依舊躺在泥土地上奄奄一息，倒是榭絲卡不見了。

——果然逃走了嗎？也是，那女人的刀法再怎麼精準，恐怕還是打不過一頭飛龍。

反倒是廢棄工廠的南方入口竟然傳來一聲讓人耳朵發疼的巨響，就像是剛剛崩塌的北口一樣，南口竟然也被炸個粉碎。高空下可以看見粉塵粒子遍布森林，武裝科陷入一片混亂。

「爆、爆炸？怎麼回事啊！」路卡下意識想聯絡暮雨，才發現自己的通訊器早就被榭絲卡砍成了廢鐵。

「先回到南口，和大家會合吧？」

「麻煩你了，朔月！」

朔月改變方向，壓低身子飛往地勢較低的廢棄工廠南方出口。身形巨大的他先讓路卡跳下龍背，依舊保持著低空飛翔的姿態。

「變身，是秘密。」朔月說道。

「我知道了，你快去，去去去。」

應該是變回人形時不想被人看到的樣子，路卡也沒興趣窺探他人隱私，他和朔月分別後趕緊和其他武裝科成員會合。多虧榭絲卡那一刀，他行動緩慢的連跑都跑不起來，有好幾次差點跌趴到地上。

爆炸引發的騷動稍稍平息，路卡四處張望，到處都找不到白火和暮雨的身影。

「路卡？」倒是雪莉還在。雪莉一看見路卡，立刻跑了過來，「路卡，你的腳！」

「雪莉，到底發生什麼事了？」

「入口被設置了炸藥，大家打算進入廢棄工廠時就爆炸了……暮雨先生他們還在工廠裡面！不只是這樣……」

雪莉連忙說明狀況，路卡的通訊器壞了所以並不知情，但是就在爆炸不久後，通訊本部也出現了異狀，傳來了「請朝工廠深處前進吧」的訊息。荻通訊官目前也呈現失聯狀態。

「荻深樹……」路卡無能為力，現在的他再怎麼忐忑不安，也只能祈禱本部的通訊官平安無事，「妳說工廠深處……科長他們往裡面走了嗎？」

「我不知道，只是到底是誰……」

「如果我猜的沒錯……是ＡＥＦ。」

「但是，之前那個叫做諾瓦爾的人他明明——」

「我也覺得很奇怪啊！可是狙擊班剛才確實被ＡＥＦ的人襲擊了……說不定打從一開始時空竊賊的據點就是個幌子。何況我們根本不清楚對方的底細……甚至連對方有多少人都不知道！」

ＡＥＦ極有可能在工廠內埋伏，如今工廠兩邊的出口都被封死，加上通訊干擾的緣故，管理局派來的救援也不知何時會抵達。被囚禁在工廠裡的白火一行人，情況怎麼想都不樂觀。

路卡思考片刻，隨即做出抉擇，「帶我到北口吧，雪莉，我的腳走不動了。」

「你要做什麼？」

「再炸一次出口，只要炸出個洞，科長他們也能逃出來吧。」

「要是一個不小心，整個工廠塌了怎麼辦啊！」

「該隱還在裡面，必要時刻可以擋一下。」

雪莉思忖了片刻，路卡說得沒錯，要是再這樣坐以待斃下去，後果不堪設想。

應急處理了路卡的腳傷後，她換上格帝亞烙印的黑色長靴，將路卡帶往工廠的北方出口。

★※★◎★※★

人造時空裂縫彷彿含苞的花朵逐漸綻放開來。

風壓與吸力來到最大值，工廠內部的細碎零件早已接連被吞入黑洞裡，體積重量較大的機械也開始搖搖欲墜，發出颶風登陸般的轟隆巨響。

白火熟悉這股感覺，當初她和艾米爾就是差點被吸到這個黑洞裡。

詭譎的是，站在時空裂縫旁邊的陸昂別說是失去重心了，他竟然雙腳穩固的貼在地面上，悠哉的瞇起狐狸般的細長鳳眼。他甚至還從容自在的伸展了一下紫白長袍包纏的身軀。

「喂，這太作弊了吧，那個辮子男站在旁邊竟然完全沒事？」該隱抽抽眼角，調職回來的首次作戰就遇到這種恐怖分子，他是走了什麼霉運啊？

體重最輕的白火儘管抓住了牆壁旁的鐵桿，鞋底的摩擦力仍一點一滴被黑洞的吸力侵蝕而散。「喀擦」一聲，她充當為保命符的生鏽鐵桿禁不起吸力而從中間斷裂，前面一截鐵桿迅速被時空黑洞吃了進去。

「嗚！」儘管白火及時鬆手，整個人還是往前飛了出去，一舉拉進和時空裂縫的距離。飛騰途中，與牆壁摩擦的肩膀撞上沿著牆壁攀爬而上的突起物，似乎是類似輸送管的厚實鐵管，於是她搶在被吸進去前勾住輸送管，才僥倖逃離被黑洞吞噬的命運。

「白火！」遠處和諾瓦爾僵持的暮雨見狀，本想要向前奔去，卻立刻被諾瓦爾擋住了去路。

「別分心，你的對手是我呦。」

「……ＡＥＦ，既然你們的目的是我，為什麼還要把其他人捲進來？」

諾瓦爾不語，他手一用力，指縫間的操偶線往後一扯，使暮雨動彈不得。

時空裂縫促成的狂風肆虐，四處是機械零件撞擊的金屬聲。

諾瓦爾一手收緊操偶線，定住暮雨手中的鐮刀，並掐上暮雨的咽喉，直接把他推往牆壁。

「……嘖！」遭受人造裂縫風力所擾的暮雨無法使力，悶咳了一聲，怒瞪著諾瓦爾的眼瞳。

諾瓦爾沒有放鬆掐住暮雨脖子的力道，他悄悄的，以僅有彼此才能聽聞的極小音量耳語：「ＡＥＦ的目的就是要讓身為科長的你承擔作戰失敗的所有責任，進而讓你失去立足之地，明白了嗎？」

「……你說什——」

「聽好了，暮雨。」諾瓦爾深深吸了口氣，「照我的話做，你還不能死在這裡。」

暮雨瞪大雙眼，他一時間無法解讀闖入耳際的話語。

——這人究竟在說什麼？

「今後你會遇見名為梅菲斯的男人，並且，管理局裡有內賊，梅菲斯勢必會與內賊接觸，你們得負責揪出這兩個人才行。」

冷不防的，諾瓦爾迅速將某樣東西塞到暮雨的衣領裡，一陣有別於操偶線的冰涼觸感滑過暮雨的鎖骨，是金屬片？

用不著擔心，我會協助你們的——諾瓦爾張口，沒有直接發出聲音，嘴型卻是如此說著，他以不明顯的幅度對著暮雨頷首。

「只要成功改變梅菲斯，就能避免第三次黃昏災厄的發生，未來也會因此改變。」

「第三次……黃昏災厄？」

名為黃昏災厄的歷史事件可謂基本常識中的基本。第一次黃昏災厄使人類文明水準大幅退步，第二次黃昏災厄則是指格帝亞病毒勃發，那第三次是——是指什麼？

「——那麼差不多該說再見啦，年輕的武裝科科長？」諾瓦爾高笑了一聲，揪緊暮雨的脖子，力道之大，彷彿隨時都能擰斷他的頸項。

「暮雨科長！」

白火發出悲鳴的同時，在他們遠方一百公尺左右竟然傳出了震耳欲聾的爆炸聲——

是北方出口的方向。

該隱呆愣，「爆、爆炸？又來？」今天和炸彈也太有緣了吧！

和一開始狙擊班炸毀北口的情況相同，北口再次傳出炸藥的巨響及冒出硝煙。這是今天第三次大規模的爆炸，承受不住多次衝擊的老舊工廠劇烈搖晃，加上時空裂縫的吸力，場面一片混亂，即將坍塌的廢棄工廠再度煙霧瀰漫。

白火頭頂上的起重機這次真的垮了下來，好在身旁的該隱及時張起防護罩，遮擋住落下的衝擊與石塊。

激烈到讓人誤以為是地震的晃動持續發作，暫時無停止的跡象。炸藥產生的濃煙登時被吸進時空裂縫裡，爆炸發生開始僅僅只經過了三秒。

還沒結束。就在陸昂朝爆炸來源瞪過去時，又是一道閃光飛刺了過來。

「……嗚！」

白火還來不及反應，只見前一秒笑吟吟的陸昂竟然悶哼一聲，彈跳般的抽搐一下身軀，單膝「喀」的一聲跪到了地上。

陸昂右手一鬆，落下的軍刀化為光點，消失在手背的蛇身刺青上。理所當然，軍刀製造出來的人造時空裂縫也迅速閉合，形成一條黑線，而後殆盡。

人造黑洞失去效力，白火和該隱終於有辦法站直身子。尚未全數被黑洞吞噬的塵埃與濃煙重新翻攪而上，空氣中沉澱著苦澀與嗆辣。

「嗚哇，厲害，還真是……被擺了一道……」陸昂事到如今仍不忘嗤笑一聲。

白火這下看懂了——陸昂的右肩被子彈打穿了一個洞，鮮血從傷口汨汨流出，染紅了他的紫色長袍。

時空裂縫消失後，整個空間安靜得駭人。

竟然能夠在這麼遠的距離……是誰能夠在這麼遠的距離射中陸昂？白火腦筋還沒轉過來，原先還在和暮雨僵持的諾瓦爾竟以靈巧迅速的身段來到陸昂身旁，以稱不上是溫柔的力道扛起陸昂受傷的身軀。

「這次也只差一點點呢，真是可惜，陸昂小朋友。」

陸昂哼出一聲猙獰，「盡是些死不透的程咬金……」

「總之時間到，我們該撤退囉！」

「等一下，諾瓦爾！」白火大叫。

「抱歉，就算是白火的請求也無法奉陪——那麼失陪啦。」諾瓦爾一手護著陸昂，一手射出藏在袖間的撲克牌，各式花色的卡牌遮蔽住白火一行人的視線。

同時間，諾瓦爾又從口袋裡掏出某個塊狀物向前扔出，四周頓時白煙瀰漫，白火咳得嗆出眼淚——是煙霧彈。

說來也算諷刺，剛才新炸出來的出口，如今竟然成了諾瓦爾和陸昂的逃生路線。凝聚滿霧氣的白色視野消散後，逃亡的兩人自然也消失得無影無蹤。

「——喂，你們沒事吧！」

數秒後，從出口處跑進來了兩道人影——是路卡和雪莉。

路卡腿部重傷，他倚靠著雪莉，利用雪莉長靴的力量飛了過來。

「路卡，雪莉！」白火懂了，剛才是路卡重新炸開出口，並且利用狙擊槍擊倒了陸昂。多虧陸昂開啟的時空裂縫吸入了大量煙霧，才有辦法在爆炸後的短時間內重新清理視野。

現場之危急，沒有時間寒暄，路卡直接切入重點：「總之快點出去吧，多虧剛剛的三連炸，這裡隨時會垮啊。」

眾人點點頭，迅速離開了廢棄工廠。

於是乎，攻破時空竊賊據點的森林作戰就在這陣慌亂中劃下句點。

07 變調

世界政府官員與媒體記者聚集在時空管理局第二分局大門，現場擠得水洩不通。管理局就像是年貨大街一樣，人潮密度高得連地板也難以窺視。當然，現場氣氛倒是和新年的喜氣大相逕庭。喧譁聲此起彼落，撇開記者接二連三扔過來的尖銳疑問，前來參加會議的世界政府官員各個面色鐵青。

今日是管理局與世界政府「時空管理特別情報部門」——簡稱「特情部」——之間的緊急會議，會議內容不外乎是數天前攻破時空竊賊據點的森林作戰。

相對於獨立運作的時空管理局，世界政府自然也有專門處理時空裂縫相關事宜的單位，那就是特情部。

管理局與政府的合作或對立關係，都是透過特情部進行談判。

身為一介新人，白火當然沒有資格參加兩方人馬的高峰會議。她一面關注著新聞直播，一面仔細閱讀剛才管理局分配的相關資料。

資料詳細記錄著本次森林作戰失敗的來龍去脈。

首先是作戰當日消失無蹤的世界政府友軍，世界政府表示他們有正常派遣軍力，卻在途中遭受不明勢力襲擊，同時通訊器遭受干擾，導致無法與武裝科取得聯繫。

同樣，武裝科也遭受不明勢力的奇襲，身為當事人的白火再清楚不過。唯一不同的是，有別於成功迴避損傷的武裝科，政府軍隊幾乎全員負傷，甚至出現了死者。

再者，森林廢棄工廠本身就是一座空城，打從一開始就不存在著什麼時空竊賊的根據地。

雖說情報收集與分析是由管理局與世界政府共同合作，但還是以管理局負責大部分的作戰計畫。本次的失敗，管理局遭受政府可謂槍林彈雨的嚴重批判。

另一方面，攻擊管理局與世界政府的勢力已正式判定為ＡＥＦ——反時空管理局武裝組織。政府一口咬定是管理局遭人嫉恨，政府軍隊才會一併遭受殃及。

政府軍隊死傷慘重，本次作戰失敗不只加深了時空管理局與世界聯合政府的對立鴻溝，更重挫時空管理局的特殊地位。

「太奇怪了，一副全是我們的錯的樣子……」白火一面閱讀資料，不滿的皺起眉，明明雙方都是受害者，要怪應該怪ＡＥＦ才對吧？

諾瓦爾那個時候甚至想殺了暮雨……想到這，她差點扯下脖子上的藍寶石項鍊。

「……暮雨科長？」

這時，管理局大廳的電視竟然出現了暮雨的新聞轉播。

暮雨站在緊急說明會的講臺前，冷冽銳利的眼眸不改一絲神色。

暮雨科長向來不接受任何媒體訪談，有關管理局的媒體對應都是由局長安赫爾或是其他發言人負責。如今暮雨竟然會親自登上螢幕，管理局內的局員們都呆愣在原地。

到底發生什麼事了？有股不好的預感刮搔著白火的胸口。

「本次時空管理局與世界聯合政府的聯合作戰，因本人判斷錯誤導致傷亡慘重，在此獻上深刻歉意與反省。」

透過新聞直播的暮雨聲音傳遍整個管理局大廳。暮雨垂下眼簾，深深一鞠躬。彎下腰的瞬間，閃光燈與快門聲此起彼落。

片刻後，他抬起頭來，筆直的盯著前方說道：「我，第二分局武裝科科長，暮雨．布瑟斯，將負起本次作戰的失敗全責——接受降職處分。」

★※★◎★※★

路卡一臉沒趣的躺在稍微托高的病床上，裹著石膏的右腿吊在上空。遍體鱗傷的身軀讓他暗自埋怨：不只是見血的皮肉痛，連肌肉組織裡的骨頭也不放過，那叫榭絲卡的暴露狂女騙子還真狠毒。照這腳傷，估計半個月都得躺在醫院裡了。

好在當時他和雪莉選擇重新爆破工廠出口，不然白火他們就成了ＡＥＦ的刀下魂。

然而，他卻無法真切的高興起來。

星期天的管理局格外安靜，不，應該說森林作戰失敗後，管理局內部始終呈現士氣低迷、死氣沉沉的悲慘狀態。

「路卡小夥伴，美麗的荻通訊官來探病啦，來探病啦——」荻深樹推開房門，將探病水果籃粗魯的拋到路卡的肚子上。

「噗——好痛！妳做什麼！」

荻深樹一邊聽著路卡的哀號，一邊豪爽的拉了張椅子坐下，蹺起腿。

「雪莉沒事吧？」傷患路卡自認倒楣，默默把水果籃放到床邊的櫃子上。這種類似食物鏈的上下關係他多半也麻木了。

「那孩子每天哭著來上班，然後每一小時發誓一次要把特情部的狗官浸豬籠。」

「這樣啊……不知道什麼時候才會康復。」

「大概還要半個月吧？」荻深樹戳戳路卡腳上的石膏。

「不是我的腳，是雪莉！」

「路卡小夥伴，我可以吃蘋果嗎？」

「就算我說不行妳也會拿去吃吧。」

「嗯。」反正本來就是她買來的，荻深樹相當自動的拿走籃子裡的蘋果，豪邁的啃了一口。她是不削皮派的，「那個啊，我一直覺得很神奇耶。」

「怎樣？」

「作戰當天我們不是被打得七零八落嗎？有個小鬼闖進了我的通訊室，先把電源停了，又把我的通訊系統全部斷光光。那個小鬼好像是個生化人耶。」

「嘎？」生化人？古時候的●諾．史瓦辛格那種？

「嗯，連我的虹膜紀錄都有。只是好像有點天馬行空就沒特別寫在報告書上了。」

荻深樹總覺得要是寫了「被一個無法以常理解釋的奇妙生化人小鬼入侵通訊室」，反倒會被革職外加貼上職場黑名單，下場比暮雨還慘。

「喂，路卡，你醒著嗎——我來探病啦——」

這時，又有一個人大步走進武裝科科員專用病房。

這回來的人是該隱。休假時的便服襯衫還挺適合他的，前提是不論那個只用下半身思考，看見女人就餓虎撲羊的劣根性。

「你沒事來這裡做什麼啊？」這個把妹王竟然來探病，路卡怎麼想都覺得有問題。

「最近管理局裡一片死寂，我的維納斯們個個面色憂愁，待在房間裡又有點無聊，所以就過來了。」該隱撥了撥柔順的棕色髮絲，「唉，才剛調回第二分局，原本風風光光的首次作戰就搞出這麼大的麻煩，真是出師不利。對了，路卡，我可以吃蘋果嗎？」

「就算我說不行你也會拿去吃吧。」

「嗯。」於是該隱逕自拿了顆蘋果，向荻深樹借了烙印小刀，相當隨性的把同事的武器當作水果刀開始削皮，動作意外的熟練。他是削皮派的。

「該隱小夥伴、該隱小夥伴，我們正好聊到這次的作戰經過，你要不要一起來分享心得啊？」

「當然好，荻通訊官，只要能和妳一起，我什麼都願意。」

「唉唷，討厭，真是的——人家不是都說對你沒興趣了嘛——」

「……」該隱眨眨眼，二度眨眨眼，「那麼我也來說說我遇到的狀況吧。」然後決定把對方拒絕他的話裝作沒聽見。

三個人這次都有正面迎上ＡＥＦ的成員，儘管他們有將作戰經歷彙整成報告書，但是就像荻深樹那樣，對於ＡＥＦ的情報，三人在報告書上各自做了些無法告人的保留。於是藉由本次機會，彼此交換一下詳細情報也有益於日後的應戰。

ＡＥＦ的總成員數與相關情報均不明，本次遇上的成員分別是尼歐、榭絲卡、陸昂以及諾瓦爾。

除了之前屢次交鋒的恐怖分子雙人搭檔以外，這次又多了兩位新面孔，光是這四個人就把武裝科耍得團團轉。

陸昂那個人造裂縫慣犯就別提了，好在路卡最後補了他一槍，這陣子應該會安分點才對。

接著是名為尼歐的少年，照荻深樹的說法，是位生化人。

「再來是那個叫做榭絲卡的女人……我想起來了，她和諾瓦爾一樣，明明是烙印者卻有影子。」路卡回顧一下當時的狀況，起初他以為榭絲卡的飛刀是一般武器，卻發現那女人的大腿上有著烙印。

「那個生化人呢？」該隱提問。

「嘎，你說尼歐小少年嗎？那孩子全身硬邦邦的，跟鐵塊沒兩樣……啊不對他本來就是鐵塊……總之身上應該沒那種東西吧？」

榭絲卡、陸昂和諾瓦爾，他們都是擁有影子的烙印者。

這是怎麼回事？

該隱像是想起什麼似的接著說道：「我記得，那個辮子男好像說過什麼……人造格帝亞烙印？」

★※★◎★※★

星期天，休假的芙蕾待在自家公寓裡，不間斷的持續敲打電腦鍵盤。

和必須住在管理局宿舍以便隨時待命的武裝科科員不同，鑑識科的芙蕾可說是一般的通勤族。

由於工作內容必須長時間使用電腦，平日休假時芙蕾會盡可能遠離電腦和手機等產品，好讓自己的身心都能喘口氣。這次她會連假日都緊盯著電腦螢幕不放，當然不是為了什麼網路購物或演唱會搶門票，而是有其他理由——破解安赫爾的硬碟內容。

如此機密的委託自然不能使用管理局的公共電腦處理，因此這陣子她可是每天下班後回家繼續熬夜趕進度，多虧安赫爾丟來的麻煩事，黑眼圈也多了兩圈。

破解硬碟的私下委託，今日總算告個段落了。

「我來看看喔……」芙蕾打開硬碟裡被層層加密的檔案，究竟是什麼內容能讓安赫爾心急成那樣？她也很好奇。

打開檔案後，芙蕾眉頭一皺，「……這什麼？」

裡頭的計畫書和相關文件的標題上，斗大的寫著幾個字。

「──人造格帝亞烙印計畫？」

★※★◎★※★

星期天，身穿便服的白火難得來到街上購物，一方面出來散心，一方面逃離連日籠罩在管理局內的低氣壓。

近期的管理局，尤其是武裝科科員，都因為暮雨的撤職一事而搞得情緒低靡不已。

暮雨說穿了根本是代罪羔羊。想到這，她又嘆了口氣，再怎麼不滿，她一介小職員也無法改變大局。

暮雨在這之後行蹤成謎，她雖然想要見當事人一面，卻找不到理由與資格。白火將心比心的開始思考，如果今天換作是她，面對這種被迫扛下罪名的結果，她也不打算與任何人會面。

購物完畢的白火走上時空管理局正門的石梯，只見一位身材高䠷纖瘦的青年站在管理局大門前，若有所思的翹首望著管理局。

站立好一段時間的青年回過神來，「不好意思，擋到路了……啊。」

「等等，你是——」白火睜大眼睛，她見過這個人。

絲綢般滑順的白金色中長髮、紅眼瞳，外貌端莊清秀，俊美的幾乎脫離人類範疇，甚至可說是藝術品的高瘦年輕人。

「好久不見，又見面了呢。」約書亞又露出午後日光般的招牌笑容。

細長的眉毛隨著涼風吹開瀏海時若隱若現，那抹笑容不知怎的，笑彎成八字眉的面容下，雖說無害，卻也摻雜了細小微弱的憂鬱。

「約書亞，你怎麼會在這裡？」

「克莉絲汀還好嗎？」許久未見的約書亞沒有正面回答，第一句話竟然是問前陣子的暴躁狐狸近況如何，果然節奏還是一樣充斥著個人風采。

被他牽著鼻子走的白火只能乖乖回話：「應、應該吧。」

「那就好。白火的朋友過得幸福，我也很高興。」

「約書亞，你來這裡是有什麼——」

「妳聽我說，我這陣子很幸運呢！遇到了妳，認識妳之後和妳一起經歷了不少有趣的事情，然後呀……」約書亞稍稍彎下腰來，湊到她的臉前，薄脣微微上揚，勾出美麗的弧度，「妳也找回了失去的藍色光芒，沒有比這更讓人開心的事情了。」

白火嚇得一連退後好幾步，「什、什麼？」

——他到底在說什麼？這個人是不是每次見面，不食人間煙火的奇異氣質就更變本加厲呀？再這樣下去，是不是會對社會造成危險？

看著話匣子打開到簡直一發不可收拾的約書亞，她下意識抓住掛在脖子上的項鍊，然後立刻明曉，約書亞指的是她藏在衣服底下的藍色寶石，為什麼他會知道這件事？

「啊……對了，我差點忘了，妳是武裝科的人。」毫不在乎她驚愕反應的約書亞像是想起什麼似的低叫一聲。

今日的白火沒有穿著武裝科的漆黑制服——應該說她以制服之姿現身在約書亞面前也只有一次，就是前陣子追捕狐狸的時候。

險些遺忘的種種疑慮與臆測，重新湧上白火的心胸——眼前這位脆弱如花的美麗青年清楚她的烙印力量為何。不只如此，他也在好久、好久以前就知曉她頸子上那失而復得的「藍色光芒」。

「妳在這裡工作對吧？希望我們今後相處愉快。」

「什麼意思？」

約書亞稍稍瞇起紅色瞳眸，溫柔的勾起嘴角，漾出一抹微笑，「我重新自我介紹一次吧——我是約書亞，第二分局的新任武裝科科長。今後也請多多關照囉。」

《格帝亞少女～純血烙印03一切都是為了休假！》完

敬請期待更精采的《格帝亞少女～純血烙印04》

K.O他的前女友
K.O. his ex girlfriend
NOVEL 龍雲意
ILLUST 非光
任女友VS前任女友勝負大PK!!
(愛情證書)
打互契約的
・戀愛少女
我想
解約!!!
任務──
擊敗我的
完美前女友!
Perfect ex-girlfriend
時薪
1000
「紅茶」控・
男神腥病學長
粉紅且青春校園生活展開吧!
典藏閣
華文聯合出版平台
www.book4u.com.tw
采舍國際
www.silkbook.com
不思議工作室_
立即搜尋
版權所有© Copyright 2016

飛小說系列160

格帝亞少女～純血烙印 03

一切都是為了休假！

出版者■典藏閣
作　者■響生　繪　者■高橋麵包
總編輯■歐綾纖
封面設計■Aloya
製作團隊■不思議工作室
郵撥帳號■50017206 采舍國際有限公司（郵撥購買，請另付一成郵資）
台灣出版中心■新北市中和區中山路2段366巷10號10樓
電　話■(02) 2248-7896　傳　真■(02) 2248-7758
物流中心■新北市中和區中山路2段366巷10號3樓
電　話■(02) 8245-8786　傳　真■(02) 8245-8718
ISBN■978-986-271-767-7
出版日期■2017年5月

全球華文國際市場總代理／采舍國際
地　址■新北市中和區中山路2段366巷10號3樓
電　話■(02) 8245-8786　傳　真■(02) 8245-8718

新絲路網路書店
地　址■新北市中和區中山路2段366巷10號10樓
網　址■www.silkbook.com
電　話■(02) 8245-9896
傳　真■(02) 8245-8819

☞您在什麼地方購買本書？☜

1. 便利商店（______市／縣）：□7-11　□全家　□萊爾富　□其他____________

2. 網路書店：□新絲路　□博客來　□金石堂　□其他________

3. 書店（______市／縣）：□金石堂　□蛙蛙書店　□安利美特animate　□其他____

姓名：________ 地址：______________________________

聯絡電話：________ 電子郵箱：____________________

您的性別：□男　□女　　　您的生日：________年________月________日

（請務必填妥基本資料，以利贈品寄送）

您的職業：□上班族　□學生　□服務業　□軍警公教　□資訊業　□娛樂相關產業
□自由業　□其他__________

您的學歷：□高中（含高中以下）　□專科、大學　□研究所以上

☞購買前☜

您從何處得知本書：□逛書店　□網路廣告（網站：________）　□親友介紹
（可複選）　□出版書訊　□銷售人員推薦　□其他______________

本書吸引您的原因：□書名很好　□封面精美　□書腰文字　□封底文字　□欣賞作家
（可複選）　□喜歡畫家　□價格合理　□題材有趣　□廣告印象深刻
□其他______________

☞購買後☜

您滿意的部份：□書名　□封面　□故事內容　□版面編排　□價格　□贈品
（可複選）　□其他

不滿意的部份：□書名　□封面　□故事內容　□版面編排　□價格　□贈品
（可複選）　□其他

您對本書以及典藏閣的建議______________________________

____

____

✌未來您是否願意收到相關書訊？□是　□否

✍感謝您寶貴的意見✍

印刷品

$3.5
請貼
3.5元
郵票
不思議信箱
FUSIGI POST

235 新北市中和區中山路二段366巷10號10樓

華文網出版集團 收

（典藏閣－不思議工作室）

格帝亞少女
Goetia
純血烙印
03